DIAS DE FEIRA

A marca FSC® é a garantia de que a madeira utilizada na fabricação do papel deste livro provém de florestas que foram gerenciadas de maneira ambientalmente correta, socialmente justa e economicamente viável, além de outras fontes de origem controlada.

JULIO BERNARDO

Dias de feira

Copyright © 2014 by Julio Bernardo

Grafia atualizada segundo o Acordo Ortográfico da Língua Portuguesa de 1990, que entrou em vigor no Brasil em 2009.

Capa
Fernando Naigeborin

Preparação
Cacilda Guerra

Revisão
Valquíria Della Pozza
Marise Leal

Dados Internacionais de Catalogação na Publicação (CIP)
(Câmara Brasileira do Livro, SP, Brasil)

Bernardo, Julio
    Dias de feira / Julio Bernardo. — 1ª ed. — São Paulo: Companhia das Letras, 2014.

    ISBN 978-85-359-2432-9

    1. Ficção brasileira I. Título.

---

14 - 02713   CDD - 869.93

Índice para catálogo sistemático:
1. Ficção: Literatura brasileira   869.93

[2014]
Todos os direitos desta edição reservados à
EDITORA SCHWARCZ S.A.
Rua Bandeira Paulista, 702, cj. 32
04532-002 — São Paulo — SP
Telefone: (11) 3707-3500
Fax: (11) 3707-3501
www.companhiadasletras.com.br
www.blogdacompanhia.com.br

Sumário

O CIRCO GANHA A RUA

Pode chegar, freguesia!, 15
Mas quem são os feirantes?, 22
Truques, 28
O bar, 31
1979, 33

NA FEIRA

Terra de bucheiros, 37
A pasteleira, 41
Lavanderia, 45
O doutor, 48
Denise, 52
É batata!, 55
Banana *superstar*, 57
Alhos e ovos, 61

João do Feijão, 65

Separação, 67

Seu Messias, 69

As boleiras, 72

Seu Domingos, 74

As damas do Piratininga, 76

Massa caseira, 79

Os seguranças, 81

Os aviõezinhos, 83

O cafezinho, 85

Torta do espanhol, 89

BUCHEIROS

Treze, 93

Frango temperado, 96

Happy hour, 98

A Blitz, 101

Carlão, 104

Heleno, 107

Adonias, 109

Getúlio, 114

Aline, 117

A peixeira do peixeiro, 120

O duelo do rabo de galo, 123

Seu Paraná, 126

Delícia Real, 130

O samba do Estoril, 132

Jardim Roberto, 135

Tem que dar certo, 137

O churrasco, 140

Rubão, 143

Sinuca, 148

PA-NA-ME-RI-CA-NO, 152

Quarenta, 158

Velório em vida, 162

Já vai?, 165

Tome tento, menino!, 170

Camelando, 175

FIM DE FEIRA

A xepa da história, 183

Aquello que buscamos suele hallarse muy cerca.

Jorge Luis Borges

I've been on my own so long
Won't you lend me your hand
I've been picking up my bones too long
Won't you understand

Deep Purple, "Holy Man"

Aos meus saudosos pais, Israel Bernardo e d. Nice.

O CIRCO GANHA A RUA

Pode chegar, freguesia!

OH

Enquanto alguns poucos trabalhadores chegam em casa e os playboys saem perfumadinhos para a balada, discretos fruteiros estacionam com seus enormes caminhões naquele ponto da rua que se tornará o epicentro nervoso do meio da feira e descarregam caixas de frutas, barracas de madeira e lonas, quase que silenciosamente, para não perturbar o justo sono daqueles que trabalham em horário dito mais comercial. Até porque não se deve brigar com a freguesia, especialmente se ela for composta na maioria de vizinhos. Embora o circo ainda não tenha tomado corpo, o agito na rua já começou, num movimento que só crescerá.

1H

Com a barraca pronta e a mercadoria devidamente descarregada, é hora de retirar os caminhões dos fruteiros do meio da rua, pois esses velhos e gigantescos veículos ocupam muito espaço, ao contrário de outros, como os de bucheiros e peixeiros, que, além de serem veículos um pouco menores, ficam mais bem localizados, nas pontas da feira.

Existe uma razão justa e óbvia para essa geografia: o nem sempre agradável odor da limpeza do peixe e das vísceras bovinas deve exalar da ponta para fora da feira, nunca para o meio, já que uvas e maçãs geralmente apresentam aroma mais agradável que as cabeças de camarão jogadas atrás da banca.

2 H

Chegam os verdureiros, que sempre ficam ao lado dos fruteiros e repetem a operação com o mesmo afinco. Atente-se para o fato de que ninguém descarregou o volume das caixas ainda. Numa tentativa de manter o frescor para as próximas horas e assim conquistar a freguesia, a manipulação da mercadoria é adiada pelo maior tempo possível. Especialmente as folhas e hortaliças, que não podem murchar.

3 H

Antes de prosseguir a operação, é de lei a hora da jogatina, geralmente entre fruteiros e verdureiros, que são afinal os primeiros a chegar. Se bem que, algumas vezes, deixei meu caminhão carregando com os compadres no entreposto frigorífico do meu pai para me juntar aos comparsas de baralho e porrinha. Apostávamos dinheiro e nossos próprios produtos. Jogo sem aposta, para nós, não tem graça.

Por volta dessa hora, também, alguns consomem substâncias ilícitas, enquanto outros se contentam com o onipresente álcool de todas as horas. Eu, que sempre joguei no segundo time, costumava carregar comigo uma daquelas garrafinhas de aço inoxidável, em geral com bourbon vagabundo, invariavelmente dividido com os colegas.

3H30

Quando menos se espera, basta subir o olhar para ver na ponta da feira os ninjas japoneses que já montaram suas barracas de pastel, à espera dos primeiros fregueses — adolescentes baladeiros a caminho de casa. Alguns de nós vamos lá também, sempre por trás da banca, tentando matar a primeira larica do dia. Serão muitas.

4H

Com os balcões montados rapidamente em cima dos cavaletes, frutas e verduras são retiradas das caixas e dispostas sobre as bancadas, expulsando assim qualquer indício de odor de substância ilícita supostamente consumida.

Só maçã salva.

O cheiro do *blend* dos hortifrútis e o movimento pasteleiro denunciam a centenas de metros de distância que hoje é dia de feira.

Na minha época, nesse horário rolava também um radinho de pilha, ligado no Zé Béttio ("Joga água nele, Mariiaa…").

5H

Essa é a hora do maior agito. Enquanto fruteiros e verdureiros esticam suas lonas (verdes, para ornar com a cor de sua mercadoria, assim como bucheiro usa lona vermelho-carne e pasteleiro, lona amarelo-óleo), todos os outros vão chegando e se arrumando, num espetáculo bonito de ver. É nesse momento que costuma chegar o peixeiro tranca-rua com seu enorme caminhão fechando a passagem e terminando com o bom humor de quem esteve batendo ponto no Ceasa desde a meia-noite.

5H30

Esse é o horário padrão de chegada daquele que tem mais trabalho pra montar sua barraca.

É a hora do bucheiro.

Antes de qualquer coisa, descemos a lona do caminhão, essa que nos protege de imprevistos meteorológicos, como uma chuva mais forte. Nossos balcões não são de madeira, mas de aço, assim como os pesados cavaletes. Esse é o próximo passo.

Enquanto uns dois fogem para o boteco que já abriu, outros descarregam o caminhão rapidamente, para a mercadoria dar uma breve resfriada, pois bucheiro que se preza só compra o frango inteiro, para fazer seus cortes na própria feira. Nada de pacotinho de coxa. Utilizamos tudo do bichinho, da carcaça aos miúdos. Maior trampo.

Frango não é banana.

Mas dava mais prazer também, além de mais lucro. Sem contar que meio que aprendi um ofício, já que comecei a me interessar por cortes de carne nessa época, ainda bem jovem. Além do frango, ainda lidava com todos os miúdos bovinos, como fígado e bucho. Daí para a cozinha foi um passo só.

Cortar os animais na hora também dava uma sensação de frescor para a freguesia. O que a senhora quer almoçar? Esse filezinho de sobrecoxa de frango que vou desossar na sua frente ou aquela corvina que tá apodrecendo desde cedo, aqui no peixeiro do lado? A mágica do bucheiro é transformar mercadoria fresca em produto bonito, na presença da freguesia. Um quilo de asinha, senhora? *Farei* na hora! Tinha freguesa que saía da barraca feliz como uma criança.

6H

Feirante esperto já tá com quase tudo montado a essa altura, quando a primeira leva da freguesia costuma chegar.

As primeiras freguesas se preocupam apenas com qualidade, e estão dispostas a pagar um pouco a mais por isso, sem frescuras. Até porque o produto dessa hora nem se compara às sobras vendidas muito tempo depois, na desesperadora "hora da xepa".

Ah, atrasou-se? Nem montou a banca ainda? Pois perdeu, parceiro! Além de perder uma venda preciosa, terá que aguentar a tiração de sarro do seu vizinho de banca, que esbanjará no boteco o primeiro maço de dinheiro ganho do dia para tomar o justo bombeirinho, para o qual você *não* tem dinheiro.

8H

Tudo tem que estar redondo. A essa altura o circo da feira já envolve todos os sentidos da freguesia. Tem fruta cortadinha pra degustação e tudo.

Embora exista coleguismo, feira não deixa de ser uma operação de guerra, o auge do capitalismo a céu aberto e no asfalto, já que a concorrência é braba, mais ou menos do tamanho da sacola da freguesa. Uma vez cheia, ela vai embora. Cabe ao feirante convencer a dona a levar um abacaxi no lugar do tomate que compraria lá na frente. O bucheiro, que fica no começo da rua, costuma se dar bem. A não ser que a freguesa comece suas compras pelo outro lado, aí definitivamente não sobra espaço para o bucho.

9H

Mercadoria na feira fica exposta de maneira muito precária, e essa é a hora limite que aconselho a fazer suas compras. As bancas ainda estão bonitonas.

É quando também costumam pintar menininhas carentes, desfilando com roupas pouco católicas, para suprir sua carência com cantadas de alto nível, como "Deus é justo, mas sua calça, hein?". Os feirantes é que originalmente formaram a nada veneranda linhagem dos famigerados "tiozões do pavê" (você sabe: "É pavê ou pa comê?"). E o engraçado é que às vezes o galanteio até cola. Há gosto para tudo nessa vida. Se você passar nos arredores de uma feira qualquer e vir a cabine de um caminhão velho balançando, é que alguma cantada colou.

10H

A boa freguesia já foi embora e sempre resta mercadoria demais na banca. Como quase todos já beberam bem e bonito, é a hora em que os ânimos se exaltam e o negócio é tentar vender mesmo no grito. Poucas coisas são mais ineficazes que isso.

Nunca vi alguém comprar uma dúzia de bananas apenas porque há alguém se esgoelando na sua frente. Aliás, essa opereta desafinada costuma ter efeito contrário. As pessoas se assustam e se afastam. Mas vai falar isso para os bebuns...

11H

Hora de baixar os preços. Quem compra agora não quer qualidade, quer gastar pouco. Os mais espertos já têm suas folhas de sulfite com os preços novos já marcados. E, se alguém mendigar, funciona. O piso é o chão.

12H

A maldita hora da xepa. Aí é um deus me livre completo. Um cruzamento de A *volta dos mortos-vivos* com primeira fila de show de heavy metal em estádio. A pior mercadoria pelo preço mais baixo possível. O horror.

13H

Quem é bom garantiu sua venda e já está desmontando a banca. Os mais lerdos continuam se matando na hora da xepa. Também começam a pintar os pedintes, os quais merecem muito mais respeito que aqueles que querem pagar qualquer centavo de real pelo seu produto. Eu mesmo sempre preferi dar algo aos pedintes a vender para os últimos fregueses.

Grosseiramente dizendo, esse é o cenário onde acontecem as histórias das páginas a seguir.

Mas quem são os feirantes?

Afinal, o que vocês queriam? Que os alimentos chegassem à sua mesa pelas mãos de um emissário misterioso, que logo se retiraria, discretamente? Não, não é assim que funciona. A gente quer participar da festa. O processo é mais ou menos o seguinte. O agricultor (ou o pescador, ou o criador de galinhas) vai até a capital e vende seu produto ao entreposto, que, por sua vez, o repassa ao feirante, que vem a ser o último atravessador. Para se tornar feirante, é preciso comprar uma permissão municipal, que lhe será repassada provavelmente por um colega mais velho, que comprou outra permissão melhor ou que já está se aposentando. Geralmente as permissões são para feiras de terça a domingo, em diferentes lugares, mas há aquelas individuais também. É possível, por exemplo, comprar uma permissão para vender frutas, em um espaço de dez metros, na caríssima (mas altamente lucrativa) feira do Pacaembu, realizada às sextas. Olha, um troço desses pode sair mais caro que uma casa, garanto.

Mas como assim "comprar uma permissão"?

De fato, seria no mínimo de bom-tom um permissionário da prefeitura não repassar sua licença por preço algum, já que não tem ponto para passar, pois não pertence a ele, mas sim ao município. De maneira que o negócio já começa com uma tendência para a ilegalidade.

Há também quem "arrende" uma permissão, ou matrícula — cada um chama de um jeito. Feirantes influentes na prefeitura conseguem várias dessas autorizações e terceirizam a bagaça para colegas, que acabam ganhando ainda menos dinheiro devido ao aluguel. Tudo fechado na boca, na santa lei do fio do bigode, até hoje não conheço moeda mais valiosa. Há outros casos de terceirização. Meu primeiro negócio, por exemplo, foi uma banca arrendada pelo meu próprio pai. E ai de mim se não pagasse! O pau comia.

O principal inimigo de qualquer gerador de empregos é o Estado, com seus inúmeros impostos. Mas quem é que pede nota fiscal na feira? Pois, embora hoje alguns até aceitem a tal da maquininha de débito, muitos feirantes nem possuem "firma aberta", especialmente na periferia.

E feirante gosta da periferia, pois lá consegue vender aos seus, o diálogo é de igual para igual, como se fizessem parte de uma mesma comunidade. Já nos bairros supostamente mais finos, a diferença de classe social no Brasil é explicitada. Rola um troço meio *Casa-grande & senzala*, em que pobres e remediados servem as madames.

Em uma sociedade saudável, seria natural a diminuição de diferença entre as classes sociais. O ideal seria que os feirantes de hoje tivessem uma senhora estrutura para vender seus produtos a todos. Porque quando uma grande rede de supermercados começa a dominar a periferia, tomando o lugar de pequenos comerciantes, que pedem falência para trabalhar como quase escravos para seus senhores, isso não deixa de ser uma forma nojenta de colonização econômica. Quem abre falência não é o açougueiro, mas sim todo um ecossistema.

Desaparecem açougues, mercadinhos, secos e molhados (ainda existe isso?), entre outros negócios. Mas a feira, não. O feirante é a resistência. A feira é livre.

Mas que tipo de gente topa trabalhar para quem nem tem "empresa aberta"?

Familiares e ex-presidiários, por exemplo, o que dá uma curiosa conotação de malandragem familiar ao negócio. Se o malandro trampa com uma família, logo se torna parte dela, o que também reveste com certo tom de máfia todo o empreendimento da feira.

Claro que algumas vezes a coisa sai do eixo.

Tenho toneladas de histórias de meliantes que roubam não só os patrões como as próprias freguesas, que voltam pra casa com as sacolas mais leves do que deveriam. Embora até vá contar algumas dessas histórias mais para a frente, garanto que estamos falando de exceções.

Nem todo feirante é ladrão. E mesmo os larápios são mais honrosos que muito engravatado que circula todo pimpão por aí. Saí do ramo há décadas e trabalhei em diversas frentes depois, mas em nenhum outro universo creio ter visto tanta dignidade.

E como é pesado o dia a dia!

Antes de propriamente montar a barraca, tem que carregar o caminhão com a mercadoria, comprada de madrugada no Ceasa ou nos entrepostos ao redor, dependendo do produto. E, depois da feira, tem que descarregar as sobras, que serão vendidas no dia seguinte em um depósito próximo ao Ceasa. De maneira que feirante realmente não trabalha pouco, não.

O bom peixeiro, por exemplo, dá plantão no Ceasa desde as duas da manhã, porque, muitas vezes, se chegar às quatro, já não tem peixe bom. E só volta para casa em torno das cinco da tarde — imagina com que cheiro.

Ainda há verdureiros com horta própria, em cidades próximas da capital paulista. Esses viajam todos os dias para servir a freguesia.

Acha que pastel é mais fácil? Pois saiba que a maioria sai do trampo pesado da feira para produzir o salgado na própria casa. Trabalho que parece nunca terminar.

Poderia continuar citando barraca por barraca, os diferentes tipos de trabalho, mas, para não ser cansativo, apenas realço que o cotidiano do feirante não é nada fácil. Claro que qualquer coisa razoavelmente bem-feita exige esforço maior, mas, para o feirante, é especialmente difícil.

Mas quem são os feirantes? De italianos a nordestinos, a imensa maioria é composta de imigrantes, de natureza tão cigana que armam barracas todos os dias, com o maior gosto. A absurda carga horária mais o processo de escambo, em que colegas trocam alimentos entre si, fazem com não precisem de grande renda. Afinal, têm comida de sobra e tempo livre de menos.

Mas, como veremos adiante, o que não falta é diversão.

Recebe-se dinheiro e paga-se o fornecedor em *cash*. Quem consegue comprar à vista tem desconto vantajoso e bom nome na praça. A economia faz diferença na conta do bar, quase sempre a maior despesa de todas, maior até que com droga, putaria e jogo.

Quem pede uma ou duas semanas de prazo ao fornecedor quase sempre se atrapalha, não conseguindo pagar, e assim acaba perdendo o crédito. Nesse caso, a volta por cima é bastante difícil, já que as contas são justíssimas. O que mais acontece é mau pagador que "vende" sua matrícula a um colega e sai do negócio, por não conseguir nem pagar sua dívida, tampouco obter crédito para continuar trabalhando.

Nesse sentido, vida menos estressante é a do pasteleiro, que compra ingredientes no mercado para transformá-los em bom produto. Imagino que a relação com fornecedores na zona cerealista seja mais leve. Bucheiro macaco velho, por exemplo, não é besta de não pagar o entreposto frigorífico, por saber que ali o bicho pega.

Entre feirantes, a maior margem de lucro é a dos peixeiros e bucheiros, que vendem produtos mais caros, se compararmos, por exemplo, com bananas. Mas atente-se para o fato de que o produto é superperecível e exige custos extras, como dezenas de quilos diários de gelo. No final, ganha um pouco mais quem compra bem e evita desperdício, como em tantos outros comércios. Claro que trabalhar na rua exige muito mais cuidado que na maior parte dos outros negócios. Tudo o que fiz depois da feira achei bico, inclusive estar à frente de um movimentado restaurante no bairro de Pinheiros.

E os outros produtos também são muito perecíveis. Ou você compraria um maço de rúcula amarela? Para os verdureiros, o maior inimigo é o sol, que queima as hortaliças sem dó nem piedade. Aliás, o astro rei é meio que um inimigo comum entre colegas.

Na feira, dias nublados são bem-vindos. E sem chuva, essa que expulsa nunca menos que 100% da freguesia. Nas horas de chuva, a feira lembra mais um filme de terror, com a rua deserta e os feirantes tirando o excesso de água sobre as lonas com frágeis cabos de vassoura.

Feirante passa mais tempo na feira que professor em sala de aula, de forma que muita coisa acontece por lá. Vive-se na feira uma vida completa. Ela é o lugar onde famílias vivem juntas, são desfeitas ou refeitas, ou tudo isso ao mesmo tempo. O que não falta também é filho de feirante concebido no baú de caminhão de bucheiro. Mais fácil encontrar ânimo para trepar no comecinho da manhã, com o movimento fraquinho, do que depois das nove da noite em casa, quando se está exausto depois de mais um dia de muito trabalho.

Existe toda uma rede de profissionais em torno da feira, fato que ajuda a trazer maior segurança para os feirantes. Se o dinheiro não dá para pagar um plano de saúde decente, por outro lado sempre há um freguês cardiologista e outra dentista, que atendem em troca de um gentil escambo. E assim se toca a vida. Se virando.

O movimento na rua começa ainda na madrugada, e o resultado final, com as barracas todas montadas, descortina um espetáculo lindo de ver, numa espécie de circo de aromas, cores, sabores e sons.

Se já é bonito acompanhar a vida de um único comércio pequeno, imagine só a riqueza e a quantidade de histórias por trás de dezenas de barracas, em centenas de feiras, compostas de milhares de pessoas itinerantes, tudo isso diariamente?

O que contarei aqui será sob uma visão obviamente periférica, representa apenas uma milimétrica fração de tudo o que acontece nesse universo. Vou me concentrar mais nas histórias das pessoas que compõem esse rico cenário do que na estrutura da feira em si. Fantasmas que me acompanharão até o fim da minha vida e que apresento a vocês, a partir de agora.

Muito prazer.

Truques

Nem todo feirante é honesto. Mas, até aí, o que não falta é profissional picareta, em todas as áreas. Na Lapa, a média de ladroagem era de um larápio pra cada três íntegros. Curiosamente, eu, que fazia parte do time dos honestos, trabalhava com vários ex-presidiários. Ao mesmo tempo, conheci bucheiros que trabalhavam em família, roubando a freguesia. De maneira que obviamente não é bom confiar em estereótipos. Gente boa tem em todo lugar, assim como o oposto. Mas, como a malandragem quase sempre é mais interessante, seguem alguns truques dos colegas, para vossa apreciação:

- *Bem pesado, viu?*
  Não sei qual é o truque utilizado hoje, com as balanças eletrônicas predominantes, mas no meu tempo elas eram vermelhas e manuais, com capacidade para até cinco ou seis quilos e uma marca em um braço de metal, semelhante a uma régua, entre cada quilo. A freguesa em geral não olha esse braço, mas apenas

para o visor. Com o braço devidamente ajustado, à esquerda da marca, o visor mostra mais peso que o real, iludindo o comprador. E o bucheiro ainda diz: "Bem pesado, viu, freguesa?".

- **O arredondamento da conta**
  Se o valor da mercadoria não for redondo, desconfie. Pois é mais fácil arredondar para cima, se o valor for quebrado. Exemplo: a freguesa pede meio quilo de fígado, cujo preço é R$ 11,45. O bucheiro põe rapidamente na balança seiscentos gramas e pergunta: "Pode ser R$ 15,00 redondo, freguesa?". Pronto. O roubo foi efetuado. Isso se realmente forem seiscentos gramas, pois é de praxe ser um pouco menos.

- **A caixa**
  Ilusão. Nem sempre a pessoa leva o que está no balcão. Afinal, que diferença faz para o freguês se o frangão de 1,8 quilo pesado na sua frente for trocado por outro de 1,5 quilo no ato do embrulho? A mesma coisa com os cortes. Enquanto a freguesa mal repara que chegou em casa com oito das dez coxas compradas, o feirante aumenta consideravelmente a margem de lucro com essa manobra. Portanto, repare onde o bucheiro embrulha a mercadoria. Se houver caixas de frangos inteiros e cortados ao lado do jornal, talvez seja melhor comprar em outro local. Lugar de frango é no balcão ou no baú do caminhão. Sempre refrigerado.

- **Preço de acordo com a cara do freguês**
  Os preços devem estar visíveis. Do contrário, é bem provável que sejam cobrados de acordo com sua cara — quanto mais bem vestido, mais cara a mercadoria. E têm que ser claros. O peito, por exemplo, pode ser vendido inteiro ou desossado (filé). É bastante comum o feirante vender o peito inteiro pelo valor de filé, e ainda apontar para o preço na lousa. Especialmente para os homens, quase sempre mais desatentos.

- *Um pouco de tudo*

Esses são os truques de que me lembro. Claro que existem muitos mais. A freguesia mais distraída pode ser vítima de vários desses golpes ao mesmo tempo. E, para finalizar, o atendente ainda pode roubar o patrão. Colocando, por exemplo, parte do dinheiro embaixo da tábua de corte.

Na feira, o ideal é ficar esperto.

O bar

Toda feira livre é rodeada de botecos, que são um tipo de válvula de escape, responsável pela civilização da parada toda. Para quem prefere a droga ao álcool, os banheiros dos botequins possibilitam que a feira tenha ambiente mais profissional, onde a principal atividade é a venda de produtos alimentícios para a prestigiada freguesia.

O bar permite que cada coisa fique no seu devido lugar.

Já o balcão é área de convívio comum entre diferentes espécies de feirantes, que trocam ideias e impressões sobre seus comércios, muitas vezes com a veracidade de pescador de anedota. Conforme a dosagem alcoólica aumenta, menor é a transparência.

Comida bem-feita e farta é preparada com muita atenção no bar, geralmente pela esposa do dono, que não quer perder a distinta freguesia semanal para dogueiros ou pasteleiros.

E não perde. Na verdade, tem pra todo mundo. Feirante come muito.

Após a desmontagem das barracas, é bom ter cerveja gelada, pois a predominância da frequência é quase que exclusivamente de bucheiros, cuja maioria já não está muito sóbria devido ao serviço de delivery feito pelo filho do dono do botequim.

Tem bar a que bucheiro se apega tanto que passa para visitar, em outro dia da semana. Sem os feirantes, o lugar parece abandonado. Divertido ver.

Desde a madrugada, quando rabos de galo são servidos para os bucheiros pararem com a maldita tremedeira, que impede o manuseio da faca, até o comecinho da tarde o bar é uma animação só.

O bar é o ponto de equilíbrio da feira, além de zona neutra. Casa de todos, lugar sagrado.

Se tiver a mórbida curiosidade de conhecer um pouco melhor quem te serve, vá ao bar.

1979

"Mão na cabeça!", disse o elemento, munido de imponente tres-oitão na mão e patética meia encobrindo o rosto, assim como o parceiro que o escoltava. Era domingo à noite, e assistíamos tranquilamente a um filme quando veio a surpresinha. Puta troço desagradável interromperem sua santa paz dominical com um assalto. Enquanto um amarrava minha mãe na cadeira, outro pegava com meu velho o saco plástico com a féria do fim de semana. Maior volume de dinheiro, estava ali a quantia para pagar funcionários, fornecedores e tudo o mais. Claro que um assalto nunca vem em boa hora, mas sem aquele dinheiro tão contado estaríamos especialmente fodidos, a família inteira. A operação toda até que foi bem rápida, sem dano maior, como violência física ou estupro, graças à calma do meu bom pai, que meio que conduziu a bagaça, acalmando o assaltante durante todo o tempo. Até que, um pouco assustado com a situação, deixei cair meu pião no chão. No que o ladrão abaixou inocentemente, para me ajudar na recaptura do brinquedo, meu pai, que não fora amarrado, sacou rápido o trinta e dois que guardava no tornozelo e deu uma coronhada no larápio, retirando em seguida a porra da máscara de meia.

"Peraê, você não é irmão do Josimar?", perguntou o velho, reconhecendo o elemento.

"Sô, sim", admitiu, cabeça baixa, com seu revólver já no chão. "Então eu tiro seu irmão da cadeia, dou trabalho digno pra ele e é assim que vocês me agradecem, puta que pariu?! Cês merecem é uma sova!"

Enquanto meu pai esmurrava a cara do sujeito (porrada na cara é mais pra machucar o moral do cabra que seu corpo em si), eu, minha mãe ainda amarrada e o parceiro dele assistíamos à cena, atônitos. O safado pedia desculpas como uma criança, e meu pai descia a mão, mandando que ele calasse a boca.

Surra tomada, os dois larápios saíram correndo como cachorrinhos inofensivos. No outro dia, fugiram rumo ao Norte, antes que a história da humilhação se espalhasse.

Minha mãe, finalmente desamarrada, me abraçou e disse que era para eu aprender que o mundo é dos honestos.

Bom, pelo menos no universo dos bucheiros, essa regra vale.

Nessa noite pensei que talvez fosse uma boa viver nesse mundo.

De fato, fiquei nele por bons 25 anos.

NA FEIRA

Terra de bucheiros

Sempre fui comilão, desde a mais tenra idade. Acontece que no mundo onde cresci tinha muita coisa boa. Enquanto meus amigos sentiam um certo nojinho de brócolis — mas se empanturravam de McDonald's —, eu tinha à disposição um verdadeiro paraíso hortifrutigranjeiro, num colorido bonito de ver. Peguei tanto gosto pela coisa que anos mais tarde, influenciado por isso e pelo cheiro da refoga de alho, salsinha e cebola da minha mãe, segui carreira de cozinheiro.

Aliás, o tal *burger* da rede americana não fazia a menor falta. Uma das minhas diversões era fazer *burger* caseiro para os amigos. De maneira que posso falar com certa propriedade que qualquer pré-adolescente (bem) atrapalhado faz coisa melhor que aquilo.

Mas voltemos ao cenário da época...

Quando os bucheiros dominavam parte da zona oeste paulistana, o povo até que comia muito bem, ao contrário de hoje, quando somos vítimas do processo de jecalização não só da Lapa mas da cidade quase inteira, é como se as saudosas vilas operárias tivessem se transformado em condomínios abertos. E a comida harmoniza com essa pobreza toda de espírito. Nesse novo ambiente, aliás, até que essas carnes massificadas fazem algum sentido, já que nunca mais vi crianças fazendo *burgers* para seus colegas. Meu pai? Bucheiro desde os anos 70, na década seguinte acumulou a função de feirante com a de dono do principal entreposto frigorífico do pedaço, onde guarnecia os antigos colegas com frangos nobres e miúdos bovinos da melhor procedência, de frigoríficos do interior paulista.

Eu? Como já disse, nasci no meio de tudo isso. Por morar de aluguel, mudei de casa pelo menos oito vezes na década de 70, de maneira que posso afirmar que a principal referência residencial que guardo da infância é a própria feira livre, onde passava horas me divertindo, sob severa supervisão dos meus pais.

Mas claro que conseguia aprontar das minhas. Adorava, por exemplo, pegar folhas do jornal que deveria ser usado para embrulhar os frangos, dobrá-las em forma de losango e botar fogo no tal "balão galinha", brinquedo artesanal muito popular na minha época. E voava alto essa velha obsessão infantil. Quer dizer, até o dia em que fui responsabilizado pelo início de um incêndio na lona da banca do bucheiro vizinho. Desde então os velhos cresceram mais o olho em mim, que deixei a pirotecnia a fim de dar mais atenção à boa e velha jogatina de bolinha de gude.

Um pouco mais para a frente, ainda na Vila Leopoldina, é claro, entre 1982 e 1986, morei na rua Lauro Muller, onde jogava taco, futebol, a tal bolinha de gude e brincava com minha pastora-alemã, Melissa. Indispensável a menção de que também era campeão de botão da rua, onde sempre jogava com o São Paulo, campeão paulista de 1980, cujo imbatível arqueiro era o Waldir Peres, que catava tudo, segurava a onda do restante do elenco, religiosamente, em todos os jogos.

A maior parte dos meus amigos também era de filhos de bucheiros, e nossas casas eram absurdamente coloridas, tamanha a quantidade de frutas e hortaliças, conseguidas por nossos pais via escambo, poderosa moeda entre feirantes.

Na paralela rua Nanuque, onde hoje se pagam milhões de reais por um apartamento com terraço gourmet, ficava o armazém de secos e molhados do seu Salvador. Era lá, após fechar o gol da pelada das três da tarde, que eu ia comprar pão e mortadela para o lanche. Às vezes também levava meio quilo de feijão e um pouco de arroz, tudo devidamente pesado na hora, direto da saca. Outros tempos.

Mas bom mesmo era quando meu pai estava lá, matando um Campari com gelo e laranja, devidamente mal acompanhado por seus colegas bucheiros, que preferiam cerveja gelada e aguardente vagabunda. Tudo no copo americano, sem frescura. Isso era de lei.

Encostava lá, no velho balcão de madeira, com aqueles homens quatro vezes maiores do que eu, ainda trajando aventais ensanguentados e botas sete léguas, ouvindo histórias escabrosas sobre o difícil cotidiano, e ainda ganhava Coca-Cola e doce de abóbora com cal. Me sentia um minimafioso. Era como fazer parte dos Soprano.

Ao voltar pra casa, lá pelas oito, a mesa estava praticamente posta, era o tempo de o meu pai tomar o necessário banho (para tirar o cheiro da carniça) e começarmos a comilança.

Toda noite tinha arroz-agulhinha soltinho, temperado com alho e cheiro-verde, feijão (que podia ser preto, jalo, rosinha etc… carioquinha, não!) com cebola e toucinho, algum verde (brócolis, mostarda, couve, espinafre) e batata (cozida, frita ou salteada com alecrim). Além da obrigatória e deliciosa salada de tomate, alface e cebola. A não ser quando minha mãe fazia salada de maionese no muque, aí só isso já era a refeição completa, não dava para querer outra coisa.

De "mistura" comíamos muito fígado, miolo à milanesa, frango caipira de verdade (sem gosto de ração), rabada, rim, toneladas de dobradinha, enfim... Só coisa boa! Ah! Tudo com ovo, obviamente. Ovo a dar com pau. Impressionante. E que ovos! Que ovos! Nem se deve compará-los a esses caipiras de butique, com suas gemas de cor salmão atômico, tão facilmente encontrados nos novos mercados.

A sobremesa era a mesma de sempre: perfeito pudim de leite, com furinhos por fora e liso em seu interior. Apenas aos domingos pintava uma torta de limão cujo sabor eu não ousaria tentar descrever, mas que procuro em vão até hoje, em busca desse tempo para sempre perdido.

Na medida do possível, carrego comigo boa parte desses trejeitos gastronômicos, herança direta dos meus queridos pais, desde os meus primeiros dias de feira.

A pasteleira

Contra a mais absoluta falta de tempo, o bom humor era a arma mais poderosa. Minha mãe, que trabalhava como "peã" numa fábrica de sandálias na Vila Humaitá, ajudava o velho na feira dos fins de semana, me levando a tiracolo. Eu me divertia subindo em caixas, gritando pateticamente "Olha o fraaaaaangooo!" com o avental que me servia como vestido, para desespero dos meus pais e alegria da d. Clotilde, pasteleira que armava bem na nossa frente, nas feiras da Bela Vista, no sábado. Quando chegávamos, por volta das seis e meia, a banca dela já estava montada fazia algumas horas e, por ficar bem no meio da feira, já tinha dado um bom giro, servindo os fruteiros e os verdureiros, que chegam antes de todos. Enquanto parte das filhas trabalhava numa pequena cozinha industrial, na rua Afonso Sardinha (também na Lapa), preparando massa e recheios, o restante da família ajudava a senhora na própria banca, montando pastel por pastel apenas após o pedido do freguês, porque *comida boa é comida fresca* — outra lição que guardo até hoje.

A cor da lona de sua banca não era aquele amarelo clássico, mas sim, espertamente, cor de mostarda, para deixar tudo o que estivesse embaixo mais vivo, da cara do freguês ao precioso salgado. Bucheiros também dominam essa técnica, em geral com lonas vermelho-sangue, dando às carnes um aspecto próximo ao de um bronzeamento artificial. Nesse ramo, boa apresentação é quase tudo.

Fato é que d. Clotilde e sua família gostavam de mim e dos meus pais. Quando me convocavam para ajudar no fechamento dos pastéis, eu atravessava a rua correndo, todo pimpão. Todos ganhavam, desde meus pais, que trabalhavam com mais tranquilidade, passando por mim, que tinha a mais absoluta certeza de minha utilidade, até a brigada pasteleira inteira, que se divertia pacas comigo, sei lá por quê.

O trampo era relativamente fácil. Na gaveta, eu pegava o recheio já na porção correta, retirava do saquinho e o posicionava milimetricamente no centro da massa. Enquanto jogava o plástico fora no lixo, à minha esquerda, a encantadora Judith, primogênita da família, fechava a massa, à minha direita. Linha de montagem em estado bruto. Duas equipes como essa, mais um fritadeiro e três atendentes, completavam o time. D. Clotilde orquestrava tudo do caixa, com máxima eficiência e a mais pura gentileza.

Um dia, contando enorme e deslavada mentira — que meu pai estava meio falido —, convenci a pasteleira a comprar peito de frango dele. Cerca de setenta quilos por semana. Foi minha primeira grande venda.

Para comemorar o negócio, xavequei o fritadeiro pra me levantar em seu colo, enquanto eu fritava pastéis, em horários de menor movimento.

Foi meu auge no mundo pasteleiro.

Contudo, o sucesso exige a queda... Em 1980, ano em que comecei a torcer para o São Paulo Futebol Clube, a mentira ainda tinha pernas curtas. Pois numa bela manhã, ao pegar a encomenda do santo frango de todo sábado, a velha perguntou ao meu pai se a situação econômica dele havia melhorado. Não foi preciso grande investigação para a trama chegar ao pequeno aprendiz de fritadeiro.

Meu pai, coberto de vergonha, não quis mais vender nem receber a última entrega. A velha, por sua vez, o acalmou, dizendo que criança é assim mesmo, além do que a mercadoria era boa e vendida por preço justo, tanto que continuou a comprar, depois de toda a presepada.

Quanto a mim, levei bronca monumental, daquelas mais doloridas que qualquer surra, quando meu pai disse: "Filho meu tem que ganhar dinheiro honesto, sem palhaçada, tem que ser sujeito homem!".

Acho que entendi a lição. Pelo menos nunca mais fiz nada sequer parecido no campo profissional.

A partir da semana seguinte dediquei minhas manhãs de sábado a aprender a cortar dobradinha. Limpava o bucho, separava a parte grossa e mais gordurosa daquele pedaço mais macio, menor e quadriculadinho, conhecido pelas freguesas da minha época como casinha de abelha, e mandava bala. Bem fininho, e com o devido cuidado para manter o equilíbrio, de cima da caixa vazia.

Queria ser igual ao meu pai. E bucheiro que não sabe cortar bucho não é bucheiro, pô!

Todo fim de turno, como uma espécie de prêmio por tanto esforço, a linda Judith me levava um pastel de pizza, meu preferido, talvez por ser o mais difícil de montar devido à infinidade de ingredientes. Inclusive é o mais difícil de fritar também. D. Clotilde sempre falava que "o tomate num pode queimar o céu da boca!".

Nunca mais provei pastel tão gostoso quanto aquele que Judith me levava. Desde cedo me encantei com mulheres possuidoras do dom de me confortar, nas horas mais tristes e difíceis, que não têm sido poucas.

Lavanderia

Algumas bancas de feira têm direito a algo parecido com um *backstage*.

Não basta ser limpo, tem que parecer limpo, e para isso acontecer é preciso que duas ou três pessoas fiquem atrás da banca, limpando tudo freneticamente, a todo instante. Esse tipo de serviço é mais comum entre bucheiros e peixeiros, com suas bandejas de inox, facas, coisa e tal. Tudo tem que estar brilhando o tempo inteiro, sem moscas, inclusive.

Mas quem se habilita à ingrata função de *roadie* de feirante? As senhorinhas mais simples do universo, que não sabem o que é vaidade e mal têm o que comer. Aliás, muitas trocam seu trabalho por um pouco de comida. Nessas horas, é preciso muito cuidado para fazer uma parceria de trabalho justa, em que não se desperdice dinheiro porém não se humilhe o próximo.

Minha própria mãe lavava os aventais das velhinhas que deixavam nossas facas brilhando e os panos de prato branquinhos. Cachê modesto, condução e mais um pouco de comida era no que consistia a diária. Meu parâmetro para escolher a comida oferecida a elas? Ora, se eu como, todos comem. Sou o cara menos enjoado do mundo com comida. Pelo menos com os ingredientes. Nem todos agiam assim. Já vi peixeiro dar tapa em velhinha porque não lavou o pano direito, para ser assaltado duas semanas depois pelo neto dela, recém-saído do presídio da Vila Pestana, em Osasco. De maneira que eu era até que razoavelmente disputado pelas modestíssimas senhoras, chegando a ir em batizado de neta e tudo.

Voltando à comida, tem que tomar o maior cuidado do mundo para não ofender a senhorinha dando algo que a princípio pode parecer estranho, como um rim bovino, por exemplo. Portanto, além de dar rim, dobradinha, entre outras verdadeiras especiarias, eu explicava com toda a paciência o modo de preparo desses ingredientes, sempre acrescentando que eu mesmo gostava e comia semanalmente tudo aquilo na minha própria casa, com o maior prazer.

É uma coisa de educar pela comida, desde o começo. Esse povo realmente é difícil de ser convencido de que você está falando na moral, sem querer humilhar. Mas, uma vez que uma receitinha de nada tenha dado certo, é sinal de porta aberta para, aos poucos, contar às pessoas que é legal tomar um banho, escovar os dentes, ir ao postinho de saúde, não trepar com o primo etc. O básico.

De minha parte, sempre tentei ajudar com o que estivesse ao meu alcance, nada demais. Aliás, se tivesse um pouco mais de consciência e maturidade na época, poderia (deveria!) ter feito muito mais.

Inclusive é necessário dizer que realmente não quero pagar de bonzinho aqui, não. As senhorinhas lavadoras forneciam mão de obra barata; se não as tivesse, precisaria ter um cabra a mais, o que me custaria o dobro e provavelmente não seria tão eficiente. O que fazia por elas era o que considero hoje o mínimo possível para terem algo além de um bico. Isto é, para terem um pouco de dignidade.

Mas, comparado com meus colegas, até que eu era bonzinho, sim. E foi natural que com o tempo a oferta de lavadeiras ficasse bem maior que a demanda, o que causaria pequenos problemas logísticos.

O horário de entrada delas era por volta das dez, que é a hora em que começa a haver algo pra lavar. Mas tinha dia em que, ao encostar minha Mercedinha vermelha 608 D na feira, antes das sete já havia um exército de senhorinhas à minha espera. Muitas vezes elas chegavam a sair na mão, esbofeteando-se mesmo, o que num ambiente com facas pode se tornar deveras perigoso.

O que fiz? Mantive as mais eficientes comigo e comecei a agenciar as outras com os caros colegas feirantes. Na banca de cereais, por exemplo, onde a mercadoria é quase que totalmente seca, convencia o dono a deixar a velhinha lavar o caminhão durante a feira.

Claro que eu negociava na frente das senhorinhas. O colega teria que ter o coração muito gelado para conseguir dizer não. E nisso criou-se mais uma economia paralela nas feiras de Osasco.

De uma situação em especial eu me orgulho. Álvaro Moraes, bucheiro portuga bem muquirana, no final do expediente deu como pagamento a uma lavadeira meio quilo de garganta bovina moída, comida que vendíamos como ração canina.

Acontece que eu mesmo havia ensinado à velha a diferença entre a comida simples e aquela simplesmente não apropriada para consumo humano.

"Tu tá me chamando de cadela, português corno feladaputa?"

Dito isso, jogou a ração na cara dele, pegou o bandejão com todas as facas limpinhas e despejou na sarjeta, naquela manhã chuvosa. Fiquei orgulhoso. Tem hora em que a vida vale a pena.

O doutor

Todo sábado cedinho, antes das oito, no caminho para seu escritório, o dr. Augusto passava na banca para comprar meio quilo de fígado. Aliás, doutor uma ova. Já cansei de ver advogado que mal sabe falar e escrever e simplesmente não merece ser chamado dessa maneira.

Fato é que a cada semana ele sugeria uma coisa diferente — por exemplo, serrar o mocotó em vez de cortá-lo na junta, como era meu hábito. Mudava a ordem dos produtos, enfiava a mão na sobrecoxa de frango e a colocava no lugar da asa, um perrengue. Frangos inteiros? Só faltava fazer malabarismo com os bichinhos. Sempre achava um pequenininho por baixo de todos e o tirava — para imediato desmoronamento da pirâmide que tinha levado mais de meia hora para ser montada.

Pedia para pesar o frango e reclamava do preço, porém, previsivelmente, nunca comprava uma unidade sequer.

Doutor em pentelhação.

Para o filho da puta só interessava levar meio quilo de bifes de fígado, cortados bem fininhos (para render, né?), e transformar minha manhã num inferno. Até hoje acho que ele nunca comeu o fígado, que dava a carne ao primeiro mendigo que encontrava pela frente, que ia à feira apenas para me atazanar.

Cheguei a ter pesadelos com o canalha abrindo o congelador de seu refrigerador vermelho-sangue e com aquele monte de fígado saindo, dominando a casa, até matar todos, asfixiados.

Tudo bem que o freguês tem (quase) sempre razão, mas às vezes é necessário impor um limite, principalmente se o morfético em questão for um "doutor" daquele naipe.

Numa dessas manhãs agradáveis, meu pai, que conhecia a figura, pediu que eu conversasse com ele sobre uma provável causa trabalhista. Logo que o vi, perguntei se o indivíduo poderia me receber em seu escritório, localizado em tenebroso andar alto de um prédio caindo aos pedaços no centro velho de São Paulo.

Nem fui lá mobilizado pela consulta, mas sim pelo pedido do velho, e também por conta da curiosidade mórbida em saber como vivia a besta, se tinha fígado espalhado em pequenos saquinhos armazenados no frigobar, essas coisas. Pois afirmo com certeza que esse cidadão não comia fígado! O sujeito era amarelo como uma peste hepática, nunca me enganou, não.

Fígado é vida, e ele era a morte em pessoa.

Então, me pergunto até hoje por que diabos ele comprava a porra do fígado? Será minha sina viver com essa dúvida até o fim dos meus dias?

Enfim, reunião agendada para as nove da manhã, cheguei meia hora antes. A ideia de me atrasar em algo me aterroriza. Mantenho o bobo hábito de travestir minha limitação com implacável rigidez militar, mas isso é outra história que provavelmente nem vale a pena ser contada. Mas talvez a atitude mais estúpida dessa história tenha sido a da espirituosa secretária, que me convidou para aguardar o "doutor" em sua própria sala.

Muita ingenuidade por parte dela, Brasil!

Imediatamente vasculhei o frigobar de cabo a rabo, em busca do fígado perdido. Nada. Não era ali o esconderijo. Sentei e abaixei a cabeça, derrotado, amargando imensa frustração.

Ao lado do frigobar, escocês ordinário me ofereceu imediato consolo. E o gelo, que já estava do lado de fora mesmo, não deveria ser desperdiçado, derretido à toa, em minha opinião. Pois me servi do tal, com o cuidado de botar quatro pedras do gelo, para disfarçar o gosto de álcool vagabundo. Em seguida, mais uísque, mais gelo, e assim foi até acabarem as duas bandejinhas de gelo. O ¼ da garrafa que poderia ter sobrado, mandei caubói, no gargalo mesmo.

Campanha sede zero.

Em seguida, levantei e troquei absolutamente tudo o que estava ao meu alcance de lugar, até deixar a sala na mais bagunçada disposição possível. Dos livros aos processos, luminária, mesa, cadeira, mudei tudo, tudo! Zoei legal. Quem mandou detonar minha pirâmide de frangos, semana após semana? Até que ficou barata a brincadeira. Se tivesse uma garrafa de gim no bar, aí, sim, ele veria do que sou capaz!

Logo que chegou e percebeu a situação, o canalha se pôs de joelho a chorar e perguntou: "Mas por quê? Por quê, meu Deus?".

Respondi, triunfante:

"Um: sem deus."

"Dois: você não mexe mais nas minhas coisas, nem eu nas tuas. O troco tá dado."

Saí do escritório sem olhar para trás, pensando que estava correndo o risco de levar um tiro nas costas. Na verdade, fantasiei isso, me imaginando a desabar no seu breguíssimo carpete vinho-fígado e desfalecer antes de a ambulância chegar.

Felizmente estava enganado, pois saí na moral. Não que tenha feito algo útil depois desse episódio, mas realmente acho que não era uma hora apropriada para meu óbito.

Já à noite, em casa, meio ressacado, contei ao meu pai sobre a pequena vingança, e que inclusive não tinha feito a tal consulta trabalhista. Fiquei bem temeroso da provável bronca monumental. Mas que nada! O velho ficou tão orgulhoso do ato que me tirou do sofá para irmos juntos à mercearia do seu Salvador, para brindarmos com um Campari com gelo e laranja. Para mim foi a glória. Para d. Nice, que acabara por fazer o jantar à toa, nem tanto. Nessa noite jantamos dois deliciosos bolovos cada um.

Na outra semana, mostrando seu incondicional apoio paternal, ele me acompanhou na feira desde cedo. Vai que o doente está a fim de briga... Reforço de peso para o time dos bucheiros, a imponente figura de seu Israel. Com ele, ninguém mexia, não.

Pois bem. Eis que no horário habitual o "doutor" chega, em ambiente tenso e sob atento escrutínio dos bucheiros. De cabeça baixa e com voz tímida, fez o pedido de sempre, serenamente. Dessa vez aguardou seu pacote em respeitoso silêncio, e ainda pagou com dinheiro trocado. Assim como nas semanas seguintes.

Claro que o freguês tem sempre razão. É que alguns gostam de ser domados.

Às ordens, "doutor"!

Denise

Basta observar a composição das rações caninas pra ver que essa teoria de que cachorro só deve comer ração é furada, falácia de uma geração de seres humanos preguiçosos. Boa alimentação, com base em carne, legumes e frutas, é bem mais saudável que a melhor marca de ração. Quer que seu cachorro fique doente? Dê a ele aquelas rações a granel de oitava categoria. Cão que come aquilo e permanece razoavelmente saudável é um sobrevivente.

Falo com certo conhecimento de causa, já que o entreposto do meu pai vendia carne para diversas fábricas de ração. A fórmula, se bem me lembro, é mais ou menos a seguinte: a pior carne, o pior legume e uns conservantes, resultando num produto quase tão nojento quanto o *nugget* do McDonald's.

Talvez por isso a cachorrada corresse tanto atrás dos bucheiros, que as alimentavam com garganta bovina fresquinha, moída no próprio dia, praticamente um *steak tartar* canino.

Cada feira tinha suas mascotes, todas ficavam educadamente atrás do caminhão, esperando seu desjejum. Vira-latas firmeza total, eles. Até porque não seria a coisa mais higiênica do mundo ter os cães dentro das barracas. Vez ou outra aparecia um cachorro de mais brilho, mais espertinho. Denise era assim, toda esplendorosa. De grande porte, tinha beleza ímpar, parecia um cruzamento de husky siberiano com David Bowie, graças aos olhos de cores diferentes e ao pelo longo. Me acompanhava nas feiras de terça, no Jardim Jaguaribe, e de quinta, no Jardim D'Abril. Antes de me encontrar, invariavelmente passava no bananeiro para uma primeira refeição. Depois encostava lá na minha barraca, para generosa porção de garganta e, às vezes, um osso do bom. Diferentemente dos outros, não ia embora logo após a comilança. Curtia ficar ao lado da banca, na moral. Quando estava muito molambenta, dávamos um jeito de lhe proporcionar uma ducha. E o convívio foi bem legal, por um tempo. Na real, só não a levei para casa porque achava que o hábitat dela era a feira livre mesmo, não a imaginava mais à vontade em nenhum outro lugar. Também não sabia se ela se daria bem com Melissa, minha pastora-alemã.

Até que houve um imprevisto. Era preciso ficar muito esperto com certas senhoras que pareciam velhinhas inofensivas, mas que iam à feira apenas para meter uns frangos dentro da sacola assim que o bucheiro marcava bobeira. E não era só frango! Elas faziam a feira inteira. Gastavam uma miséria e iam embora com uma abundância de mercadoria que era impressionante. Quando do pegas em flagrante, davam um escândalo, no melhor estilo "Tira a mão de mim, moleque tarado!". Todos os que viam a cena davam razão à velha, claro. Por isso, às vezes fazíamos vista grossa. Era melhor ter uma ladra de casa, que roubava um frango só e ia embora, que ser tirado de moleque ignorante por toda a nação de freguesas, correndo assim o risco de perder venda.

53

Quando Denise notou que d. Ladra se preparava para mais um rotineiro furto para os netinhos, não pensou duas vezes e voou direto no braço da velha safada, que reagiu xingando e batendo no bichinho com sua sacola. Quem passava se solidarizou com a larápia e ajudou no linchamento da pobre vira-lata. Afastei todos, no princípio pedindo calma e depois aos empurrões mesmo, e retirei Denise do meio da violenta muvuca. Nem deu tempo de ver seus ferimentos e cuidar dela direito. Foi embora rapidamente, meio assustada, mancando, toda troncha. Nunca mais voltou a nenhuma das duas feiras, minha vira-lata preferida. Nunca mais deixei velha filha da puta nenhuma roubar sequer um pezinho de galinha.

É batata!

Marcus era batateiro dos bons, manjava tudo do tubérculo. Chegava por volta das seis com sua caminhonete de cor batata holandesa, descarregava uns dez sacões sozinho, e lá pelas onze já ia embora, com tudo vendido.

Mérito do cara, que era ótimo vendedor. Só os donos de boteco já levavam mais da metade da batata do dia, e até levariam tudo, mas Marcus sempre dava uma regulada porque, para ele, era essencial atender bem a freguesia da rua.

Um cara decente. Sempre ia com a noiva, Mônica, feliz proprietária de coxas grossas, cintura fina e pele avermelhada. O conjunto da obra de seu corpo a fazia lembrar uma batata-doce roxa.

Eu já tinha cantado a bola para ele, que sua mulher estava toda hora na minha banca de graça com o Ailton, funcionário meu, conhecido por sua fama de comedor.

"Pô, Marcão! Todo mundo gosta de você! Sua noiva não sai da minha banca. Tá de ideinha com o maior xavequeiro da feira. E é ela quem vai atrás! Boa coisa não pode sair daí!", argumentei para o cabra.

"Você tem como provar?", me questionou o corno.

"Claro que não! Pergunte pra ela! Arme um flagrante! Ela tá te traindo! É batata!"

"Não admito que fale da minha patroa assim! Agora é tu que vai armar o flagrante. Ou não me procure mais, seu moleque miserável!"

Inferno. Sábio é o popular que disse para não meter a colher em briga de marido e mulher. Mas o cabra realmente não merecia aquilo. Fiquei na miúda, esperando a oportunidade que logo veio, na semana seguinte.

"Ô, Marcão! Cadê a Mônica?", provoquei.

"Tá na puta que te pariu, lazarento do caralho!", respondeu gentilmente.

"Porra, Marcão! Ela acabou de sair com o Ailton da minha banca, não sei pra onde. Vai atrás! Não queria o flagrante? Então, vai, corre!"

Como tinha gente minha envolvida, me ofereci para cuidar das batatas, e o deixei correr todo desesperadão atrás da moça.

Parou na frente da minha banca e perguntou ao peixeiro do lado em que direção o suposto casal tinha ido. Óbvio que o colega deu a fita da quebrada.

Flagrou os dois se catando, embaixo do viaduto, na beira do rio, quase no meio da rua.

"Puta que pariu, Mônica!", gritou o corno.

"Gosto só de você, meu amor! Só dô pra ele porque ele tem farinha da boa! É só por isso! Juro!", argumentou, desastrosamente, a Batata-Roxa.

"Porra, Mônica!", agora foi o bucheiro que ficou puto.

"Quer saber? À merda os dois!", gritou e saiu andando, bem puta, ela.

"Vai pro inferno, sua vadia!", esbravejaram os dois ao mesmo tempo, para em seguida esticarem duas carreiras e mandarem juntos.

Nunca mais vimos a Mônica. Quanto ao batateiro e ao bucheiro, viraram melhores amigos, irmãos de farinha.

Banana *superstar*

Depois dos dias de feira, entre outras coisas, trabalhei cerca de quinze anos em bares e restaurantes, e uma das minhas maiores dificuldades sempre foi achar cozinheiros que tivessem a necessária vocação para o ofício. Necessária, sim, pois trabalhar com comida não é fácil, esteja ela no balcão do bucheiro ou no prato do boteco. Se, por algum motivo, convenço alguém a sair de casa ou do trabalho em direção à minha espelunca para gastar a sua grana em alimentação, o troço tem que valer a pena, e para valer a pena tem que ser feito com carinho, e para ser feito com carinho é preciso ter amor ao ofício e óbvia vocação.

Já quanto aos garçons, perdi as gerações de quem trabalhava nisso por amar a profissão. Hoje vendem comida como se fosse remédio ou folha de talão de Zona Azul. Tanto faz, parecem só se importar com o dinheiro.

Portanto, quando for servido por um garçom de certa idade trajando terno alinhado e gravata-borboleta, fique atento e tenha muito respeito, pois essa raça está em extinção. Aproveite o serviço e, de preferência, deixe uma caixinha a mais, além dos sonolentos 10% de serviço. Com boa frequência e um pouco de sorte, passará a ter a honra de ser chamado por ele pelo seu primeiro nome e terá história para contar pros seus netos sobre um serviço que não existe mais.

Adiante, tentarei escrever com um pouco mais de clareza sobre os três tipos de vendedores que conheço, na medida em que a impaciência (essa minha eterna comandante) me permitir. E também sobre aquele que é completamente apaixonado pelo seu produto, coisa que vale ainda mais que a tal da vocação.

Assim como logo não existirão mais garçons, é questão de pouquíssimo tempo para os feirantes apaixonados desaparecerem do mapa.

Da minha geração mesmo, não conheço ninguém com esse dom, e a anterior já é sexagenária, pelo menos.

Seu Antônio era um dos bananeiros mais respeitados da minha época, sabia tudo sobre o assunto. Banana era com ele mesmo. Cada um de seus três filhos cuidava de uma banca sua. Curiosamente, o caçula era meio... como posso dizer, sem parecer ofensivo? Não, não conseguirei. Bom, a real é que o garoto era, realmente, um tremendo de um banana!

Não vendia porra nenhuma, era sujo, vivia com a boca aberta, tão aéreo que parecia viver em outra galáxia. Além disso, fazia absoluta questão de dizer para todos que odiava esse trabalho, que seu negócio era o rock 'n' roll, que tinha uma banda, para desgosto completo do pai.

Um anticomerciante, o banana.

Uma das melhores freguesas da feira de terça, no Jardim Jaguaribe, era d. Amélia, que fazia longa compra de duas horas com a filha adolescente, a Lindinha, cada uma com uma sacola em cada mão. Moravam atrás da barraca de banana do banana.

"Mas cê tem uma banda de rock?", puxou assunto a formosa Lindinha ao boca aberta, aparentemente interessada na atividade.

"Tenho, sim", respondeu o empolgado bocó.

"Então... Terça que vem, às quatro horas, vai ter festinha de aniversário. Vou fazer quinze anos, cê num quer vir e cantar pra galera?"

Feirante é bicho fofoqueiro, e a notícia do concerto do banana se espalhou rápido como um raio. Na semana seguinte, pediu folga ao seu santo pai, que a concedeu, sem problemas.

"Se o moleque não serve pra trabalhar, vou fazer o quê? Que ganhe dinheiro com o roque ou que pelo menos pare de me dar prejuízo. Se der certo o troço, nem precisa vir mais, é um favor."

No dia esperado, o banana era o assunto da feira, do pasteleiro ao peixeiro, não se falava em outra coisa. Lá pelas duas da tarde, com a feira inteira praticamente desmontada, pelo menos vinte feirantes de todo tipo estavam no boteco do Paraíba comentando sobre o mesmo assunto, enquanto cervejas e cachaças eram sorvidas com sofreguidão. Até a ambulante vendedora de pano de prato compareceu à mesa-redonda.

Por volta das três e meia, devidamente alcoolizados (a maioria começava a beber bem antes do amanhecer, para não falar em quem tinha cheirado, fumado etc.), tocados pela curiosidade, chegamos à brilhante conclusão de que seria uma boa ir para a frente do portão da d. Amélia tentar escutar alguma coisa.

"Vamos ver se o garoto é bão memo!", decretou seu Messias, velho fruteiro bom de guerra.

D. Amélia, ao ver a corja de zumbis embriagados indo em direção ao seu portão, recebeu todos com sorrisão de orelha a orelha e convidou-nos a entrar. Aceitamos sem pestanejar, para completo desgosto da aniversariante e dos convidados, que tiveram que suportar agradável odor de fim de feira com notas de rabo de galo e retrogosto de sangue pisado.

No quintal dos fundos ficava o epicentro da festinha, com umas dez adolescentes, meia dúzia de mães, nenhum pai e zero resquício de simpatia pelos convidados de última hora. Justa exceção à gentilíssima e sem noção anfitriã, claro.

Enquanto não faltassem cerveja e caipirinha, pouco nos importávamos com o cenário.

Talvez só eu tenha reparado na falta de amplificador, microfone, bateria e qualquer equipamento mais profissional no ambiente.

Acho que foi por volta das cinco horas que o garoto foi encontrado enforcado no banheiro, com a mangueirinha do chuveiro. Ao lado do corpo, um violão nacional e um exemplar surrado de revista de partitura de música, aberta na página de uma canção qualquer dos Smiths.

Alhos e ovos

Na história da alimentação não há quem se pareça tanto fisicamente com o produto vendido quanto o ovo e o oveiro. Pode reparar. Um é a cara do outro. Todos os oveiros dirigem Kombis brancas, usam óculos redondos, têm espinhas amareladas na cara e pele vermelho-casca.

Mas, voltando à minha rua, e relembrando que eu era muito jovem, meio que um pós-adolescente ainda, é necessária a menção de que meus amigos de bola que jantavam em casa pagavam um pau pra gema do ovo onipresente servido.

Para entender melhor como funciona a coisa, me aproximei do Hugo, o oveiro, para tomar lições básicas do ingrediente.

Aprendi que, enquanto as mães dos meus amigos escolhiam imponentes ovos vermelhos, de casca dura, geralmente nas prateleiras de supermercado, bons mesmo eram os ovos pequenos, de cores e formato irregulares, mas todos com belo conteúdo. Para um jovem espinhudo urbano, até que eu já sabia mais que quase todos os meus contemporâneos, estava de bom tamanho.

Hugo usava sempre camisa polo laranja casca de ovo para dentro da calça. Óculos ovais e cabelo embolado com goma clara completavam o figurino do gente boa. Embora me lembre de seu visual até hoje, o que mais me importava na época é que o cara era bem legal mesmo, superprestativo até com jovens pentelhos como eu. A ponto de um dia levar um fogãozinho a gás para a feira, só para me mostrar as diferenças de um ovo para outro na própria frigideira.

Nem toda gema é amarela e nem toda clara vale a pena.

O fogo chamou a atenção da Adelaide, que vendia alho de tudo que é tipo em sua banca, mais cebolas e tempero pronto que sua própria mãe fazia em casa. Boa parte das barracas de feira é de típicos negócios de família, quase que uma extensão da residência do comerciante.

Adelaide, a filha pródiga de três gerações de alheiros e ceboleiras.

Embora seu bonito cabelo cor de casca de alho vermelho, cortado um pouco abaixo do ombro, contrastando com a pele meio acebolada, chamasse a atenção desse ex-bucheiro que vos escreve, os colegas feirantes estavam mais interessados no sempre curto decote peitoral e na microssaia que a jovem usava. Trocadilhos que rimavam com o principal produto vendido por ela eram comuns entre os promissores poetas mais exaltados.

Mas, já que o fogo logo ali ao lado estava aceso, Adelaide sugeriu a Hugo o preparo de ovos mexidos, com o tempero caseiro de sua banca.

O oveiro topou, encantando-se com a habilidade culinária da moça. Confesso que, ao provar os ovos, me surpreendi como eles se divertiam tanto, superbabões, com algo completamente sem sal. Comida para mim sempre teve tamanha prioridade que até hoje me flagro com esse tipo de postura ingênua.

Foi meu último dia de convívio mais próximo com Hugo, que passou a priorizar o novo namoro (de um romantismo grudento, por sinal). Bem, isso até o dia em que flagrou a alheira de quatro, na carroceria da Mercedinha 1113 do Tonhão Laranjeiro, com o próprio.

Adelaide era menina fogosa mesmo. Meio que não se falaram mais, embora sendo vizinhos. No máximo um discreto "bom dia" e olhe lá.

Mas, enquanto a alheira continuou sua vida normalmente, Hugo foi se afundando numa tristeza de dar dó, o que foi péssimo para seus negócios. Afinal, é perfeitamente compreensível que ninguém queira comprar ovos de um sujeito cabisbaixo, sempre com lágrimas nos olhos.

Numa segunda-feira de folga, comprei na Vila um fogãozinho a gás, daqueles de uma boca só, com uma ideia na cabeça para agradar-lhe. Dia seguinte, dia de feira, o presenteei e expliquei, com jeitinho para não magoá-lo, que, apesar de ter aprendido tudo o que sabia sobre ovo com ele, sua comida era uma bela de uma porcaria devido à falta de sal e ao tempero ordinário da nada saudosa alheira.

Poucas coisas me irritam mais que o desperdício de um bom ingrediente. O cara tinha um puta ovo bom, pô!

Apresentei-o à minha mãe, d. Nice, que naquela manhã o ensinou a fazer ovos mexidos com bacon da barraca de cereais e omelete com ervas frescas do verdureiro da frente. Além disso, Hugo finalmente aprendeu com a velha a usar o sal, primeira técnica que o cozinheiro deve dominar, apesar de muito profissional não saber até hoje. Pode reparar que muito restaurante famosinho por aí serve comida com um ponto de sal a menos, para o cliente corrigir o tempero na mesa, se necessário. Acontece que isso nunca acontece, ou por medo de ofender o chef, ou por pura timidez. O resultado final é que o sujeito sai de casa em busca de boa alimentação, mas paga pra comer um troço absolutamente sem graça.

Voltemos ao Hugo. Empolgado com o novo aprendizado, passou a levar o fogãozinho para a feira toda semana, e ganhava a freguesia mostrando como transformar sua ótima mercadoria em excelente produto. O movimento aumentou e o prejuízo das feiras anteriores foi rapidamente recuperado.

Até que, numa bela manhã de outono, daquelas em que céu azul de brigadeiro harmoniza com o friozinho moletom, d. Maria Amélia se aproximou de Hugo, que logo ofereceu a ela um pedaço de omelete com salsinha, manjericão e tomilho, recém-feita, quentinha ainda. A senhora provou, fez cara meio que de nojo, e, antes que Hugo tentasse vender seus ovos ou perguntar o porquê daquela expressão de cândida, ela lhe perguntou:

"Mas por que você não tem a decência de usar cebola e alho com os ovos? Sua comida não tem tempero, gosto de nada!", decretou o poço de insensibilidade.

Hugo ajoelhou-se no chão, diante de sua banca, e desandou a chorar histericamente, com as mãos encobrindo seu envergonhado rosto. Péssimo dia para os oveiros.

Não sei por onde anda o camarada, mas duvido que ele tenha sentido novamente o amargo gosto do alho.

João do Feijão

Ah, esse eterno microcosmo que é a feira — curioso reflexo do mundo! Voltando à minha inútil teoria sobre vocação, amor e essas coisas tão antiquadas, aprendidas com meu saudoso pai. O fato é que conheço três tipos de vendedores:

1. O desprezível — Aquele que só pensa na sua maldita venda. Quanto maior, melhor. Pouca diferença faz o produto, contanto que entre dinheiro no caixa. Tanto faz se vendem sapatos, comida ou plano de saúde. Pra essa raça, só importa atingir a porra da meta. Longe de desejar o mal pra alguém, mas eu não acharia necessariamente ruim se esse primeiro estereótipo mudasse de profissão. Sei lá, cobrador de ônibus, talvez. Ou quem sabe *roadie* de baterista de heavy metal?

2. O vendedor técnico — Aquele que tenta compreender a real necessidade do freguês. Exemplifico: na feira, se o sujeito mora sozinho, não há por que comprar um frango inteiro para o jantar. Que leve meio quilo de seu corte preferido, pô! Essa política costuma trazer satisfação ao freguês, garantindo assim sua volta à banca na próxima semana.

3. O apaixonado — É quem morre de paixão pela mercadoria vendida. Mais do que vocação, trabalha por devoção ao produto. Aí não tem lógica nem raciocínio, é amor mesmo. Tenho profundo respeito e a maior admiração por esse terceiro tipo de vendedor.

Agora entremos um pouco na cabeça de um vendedor do terceiro tipo, que é quem realmente nos interessa neste texto. Para o João do Feijão, havia dois tipos de pessoas:

1. O sujeito que come feijão-carioquinha (ou preto) por mero hábito. Compra na prateleira de supermercado, limitando-se a escolher "Tipo 1" ou "Tipo 2", dando uma olhada no preço, no máximo. Esses, João nem cumprimentava. Se encostasse em sua banca perguntando "Quanto é o carioquinhaaaa?", ele simplesmente virava as costas. Já vi isso acontecer mais de uma vez. Não era uma cena edificante.

2. O cidadão que gosta ou se interessa por feijão. A esse João dava toda a atenção do universo, explicando qual grão era mais indicado para tutu, tropeiro, salada, qual variedade dava mais caldo, o que estava novo, qual era a melhor safra, até receita de chili com carne eu já o vi dar, no duro.

Figuraça, o João.

Separação

Por trabalhar como um camelo, é bem difícil para o bucheiro separar a vida familiar da profissional. A solução, na maior parte das vezes, é escravizar a família ao trabalho, para aumentar pelo menos um pouco o convívio e também, assim, diminuir o quadro de ajudantes. Funcionário é inimigo pago, dizia o pai do Kafka, impiedoso comerciante.

Meus pais optaram por um meio-termo que não costuma dar muito certo. D. Nice trabalhava numa fábrica de fórmica durante a semana e ajudava meu pai apenas nos fins de semana, o que permitia vida dupla para ambos.

No começo até que tudo foi bem, afinal um dos segredos de qualquer bom relacionamento é a pouca convivência. Com o tempo, meu pai começou a estender mais a porra da happy hour, até porque sua brigada também era uma espécie de família. A partir do momento em que os cabras passam mais tempo entre frangos e vísceras do que com as respectivas esposas, é preciso tratar bem deles. Se for o caso de rolar um atrito trabalhista depois, que o baixo nível venha do subordinado, e que ele não consiga nenhuma testemunha, porque o patrão, afinal, é gente boa. É mais ou menos essa a estranha matemática.

Mas a conta se mostrou inexata, já que essa atitude fez com que minha mãe começasse a beber sozinha em casa, cada vez mais... E não de maneira festiva. Daí meu pai chegava exausto, após muito trabalho e muito Campari, para encontrar d. Nice sentada no sofá com seu hi-fi, invariavelmente mais louca que Bukowski.

Dava, não.

Mas é óbvio que as brigas aumentaram cada vez mais, o que pode ser um tanto perigoso num local com mais facas e armas de fogo que o cativeiro do traficante Escadinha.

Porém nunca se pegaram, ainda bem. E, embora já não fossem mais namorados, continuaram parceiros.

Acabaram por se separar, previsivelmente. Eu tinha apenas onze anos. Mas isso não é um lamento. Fiquei com minha mãe, aproveitei a companhia do meu pai no trabalho e tudo deu muito certo. Ruim era ver as brigas deles quando estavam juntos, especialmente no fim do casamento.

A vida de todos seguiu. Só não imaginávamos que, com o passar do tempo, d. Nice ficaria tão triste...

Seu Messias

"Ô, seu Messias! Tá com a vida ganha, hein? Também...
com a vida inteira sem funcionário algum." Assim costumavam
zombar do fruteiro sexagenário que sempre trabalhou apenas
com os filhos e a esposa, a quem chamava carinhosamente de
d. Patroa. Muitos duvidavam até do registro da velha em cartório.
Nos limitávamos a chamá-la de Donaaaa...

"Mas que nada, fio! Essa família dá mais despesa que qualquer empregado! Quem me dera ter só empregado...", respondia invariavelmente o velho, de maneira bem-humorada.

Aliás, que belíssima banca de frutas a desse senhor! De um
colorido tão vivo, tudo tão bem cuidado que era praticamente
impossível passar na frente sem ao menos parar para dar uma
olhada. E, uma vez parada, rapidamente seu Messias oferecia
um pedaço de fruta fresquinha e gelada (temperatura é um ponto importante) para a pessoa, que quase sempre saía da banca
com quantidade de frutas suficiente para sustentar um modesto
exército afegão.

Sempre privilegiando as estações, o velho não tinha a menor paciência para perguntas estúpidas: "Que goiaba o quê? Não sabe que não tá na época, porra?! Vai levar é uva! U-V-A! Olha só que lindona! Leva e na semana que vem pode passar aqui, pra me agradecer!". Cenas como essa eram comuns na sua banca.

De fato, sou da opinião que nem sempre o freguês tem razão. Claro que nos esforçamos para ajudá-lo até onde pudermos, mas, se o sujeito pede algum absurdo, não há como ajudá-lo.

Por exemplo, embora exista morango durante o ano inteiro, ele é gostoso apenas durante sua época, obviamente. Fuja dos morangos de janeiro, com seu indefectível sabor de banco de ônibus.

Outra vez uma freguesa chata chamou a atenção de seu Messias, dizendo que TODAS as outras barracas da feira tinham morango à venda, só a dele não.

"Tá fora de época! Não vendo fruta de brinquedo! Tem no vizinho? Pois compre no vizinho então, uai! Aproveite e pare de me torrar o saco! Aqui, não precisa voltar!" Resposta pouco simpática, porém necessária e eficiente.

Além de fruteiro enjoado, caprichoso, dos bons, o velho era generoso. Minha família que o diga, já que boa parte da "decoração" da nossa casa era composta de frutas e verduras fornecidas por ele em troca de um pouco de frango que meu pai dava à sua família, num escambo totalmente desproporcional, a ponto de distribuirmos laranjas e melancias aos vizinhos, para não estragar a mercadoria. Por um tempo, a rua de casa pareceu mais uma grande Festa do Havaí, graças ao velho fruteiro.

Bom de negócio, não desperdiçava nada, quase sempre comprava a quantidade certa do dia, nem que tivesse que vender tudo a preço praticamente de custo após o meio-dia, na hora da xepa.

Para quem não sabe, depois da uma da tarde, rola uma verdadeira mendicância nas feiras livres, de gente sem um real no bolso atrás de restos de comida. Minha mãe mesma, na adolescência, ia com seus irmãos a pé de Osasco até o varejão do Ceasa, atrás de restos de comida que alimentariam a família durante a semana inteira. Meu agradabilíssimo avô materno dizia que d. Nice havia se casado com comerciante de comida por puro trauma, e que só isso poderia explicar o "maldito matrimônio".

Para esse triste cenário, seu Messias sempre tinha algo para dar, com qualidade muito acima do encontrável por aí, com maior frequência. Dizia que "não é gente de merda, então não tem que comer merda!".

Num fim de manhã qualquer, ao tomar seu pingado com pão na chapa na panificadora, flagrou o filho a entregar duas caixas de limão, botando ardilosamente o dinheiro direto na bota.

Duas caixas de limão!

Sempre me impressionou o fato de as pessoas se queimarem por tão pouco.

Suas últimas palavras foram: "Quem me dera tivesse só empregados...". E assim foi-se, embarcando em um infarto fulminante.

O movimento da barraca despencou nos meses seguintes, até seu filho passar o negócio para a frente a preço de banana, porque, além de ladrão, se mostrou um estúpido completo.

Quando o comércio é a alma do dono, os dois morrem juntos. São indissociáveis.

As boleiras

A maior parte dos feirantes vende mesmo é comida, em suas mais diversas formas. Mas quem vende comida para o feirante, esse ser que muitas vezes chega ao local da feira ainda de madrugada e não vive apenas de pastel? Sempre tem um boteco nas proximidades, que abre por volta das cinco e meia, já servindo rabo de galo e rissoles de carne aos trabalhadores mais sedentos que famintos.

Mas e antes? Pois bem. O que poucos sabem é que toda feira tem uma tiazinha do bolo, que chega por volta das três e meia da matina, interrompendo o truco dos fruteiros, oferecendo café, leite, bolo de cenoura com chocolate, pão frio com margarina e outras especialidades. Claro que, para os mais corajosos, havia sempre uma garrafa de cachaça vagabunda e outra de vermute deus me livre.

Tiazinhas vampiras, começavam sua produção ao anoitecer e sempre voltavam para casa antes do primeiro raiar de sol. Nunca conheci alguém que tenha topado com uma tiazinha do bolo durante o dia. Os bucheiros mesmo, dos últimos a chegar à feira, por ficarem na ponta, mal as viam.

Tive a oportunidade de cruzar com algumas delas pouquíssimas vezes, quando precisei chegar bem cedo.

Uma ocasião até comprei uma fatia de bolo de laranja, especialidade tão bem falada entre os verdureiros, e achei uma grande porcaria, que mais lembrava aqueles bolos pré-prontos da Santista, com o inesquecível odor de essência de baunilha do esgoto.

Não resisti e perguntei, com o máximo de educação que pude:

"Ô, tia! Não me leve a mal não, mas... Qual é o segredo pras pessoas gostarem disso?"

"Cachaça, fio! Cachaça antes, bolo depois!"

Eu, que tinha a melhor boleira do mundo em casa, mal consegui comer o troço. Mas talvez para os cachaceiros a maior função do bolo fosse servir como esponja no céu da boca, pro álcool descer (ainda) mais fácil.

Tudo é uma questão de parâmetro.

Seu Domingos

Nos anos 1980, eu fazia a maior parte das minhas feiras em Osasco, cidade que já era conhecida pelos seus dogueiros. Hoje tem até concurso pra eleger o melhor hot dog da cidade. Geralmente são aquelas coisas horrorosas, pesando quase um quilo e contando com todo tipo de recheio possível, comida de adolescente lariquento.

Onde os dogueiros começaram a se reproduzir como coelhos na cidade? Nas feiras livres, evidentemente. E seus principais fregueses eram os próprios colegas feirantes. O alto consumo de substâncias ilícitas, desde a mais tenra hora da madrugada, fazia bater monumental larica nos barraqueiros, especialmente os fruteiros, que chegavam mais cedo.

De maneira que só salsicha e pão não seguravam a onda do povo. Seriam necessários uns dez cachorros-quentes pra cada um matar a fome.

Daí alguém teve a brilhante ideia de colocar batata palha no sanduíche. E a maldita verve criativa não parou mais, até chegar às dezenas de recheios de hoje, sempre culminando num pesadíssimo purê, para rebocar a bagaça.

Mas seu Domingos era um herói da resistência. Alguns o chamariam de xiita. A esses respondo que ele era clássico, apenas. E basta.

Seu cachorro-quente levava salsicha, mostarda, ketchup, molho de pimenta caseiro, maionese artesanal, repolho e purê de batata. Só. E apenas no pão francês. Explicava impaciente, com poucas palavras, o porquê do pão francês e do purê, ingredientes estranhos à receita mais clássica: "É cachorro-quente, não hot dog, porra!".

Quase um Paulo César Peréio dos feirantes, o seu Domingos. Era meu colega de feira às terças e quintas. Eu sempre matava dois ou três sanduíches, e ele me dava seu molho de pimenta para levar pra casa, já que era freguês fiel. Tempos de cortesia.

Em cada feira havia três carrinhos de hot dog, no começo, no meio e no final. Seu Domingos era sempre quem vendia menos, perdia feio para os seus concorrentes e seus horrorosos lanches turbinados com milho verde enlatado e requeijão vagabundo, entre outras porcarias impublicáveis.

Comerciante à moda antiga, nunca sequer lhe passou pela cabeça abrir mão dos seus princípios, tinha o maior orgulho de seu produto, e seu maior pesar era o filho, que não quis seguir a ingrata carreira de dogueiro. Reclamava por não ter para quem passar sua arte, especialmente a receita da maionese, seu grande xodó.

Diversas vezes marinheiros de primeira viagem pediam para ele caprichar na batata palha, entre outros absurdos. Sua resposta era sempre a mesma:

"Não vendo remédio, vendo cachorro-quente, porra!"

Infelizmente, sua obsessão pelo bom produto fez com que o movimento caísse cada vez mais. E ele começou a ficar triste, desgostoso. Se entregou ao álcool. Era chegado num conhaque vagabundo. Havia dias em que seu bafo estava insuportável.

Morreu de cirrose hepática, sozinho e abandonado, num hospital público da Cidade de Oz.

As damas do Piratininga

Para o homem alcoólico (não confundir com alcoólatra), melhor que frequentar uma academia com trocentas e doze pessoas mais saudáveis que você é voltar andando do bar, no horário que for, queimando um pouco do goró, oxigenando o cérebro e sem risco de atropelar ninguém.

Madrugada dessas eu praticava esse exercício quase que diário (o segredo é o condicionamento), voltando para casa pela Vila Madalena, antigo bairro com histórico boêmio, hoje grande parte dele um reduto mauricinho.

Após tomar obrigatória saideira de minha própria garrafa do bom escocês que sempre guardo na última parada da rua Fidalga, o velho e bom Filial (o lance da caminhada é parar, sempre que possível, pra devido abastecimento, já que exercício a seco é algo que nem passa pela minha cabeça), desci a hoje abominável rua Aspicuelta, com seus novos bares exalando odor de restos de picanha no réchaud e chope sabor urina de maracujá.

Na altura do único local etílico entrável da rua, o bar (muito frequentado por boleiros) São Cristóvão, que serve uma ótima *bruschetta* de aliche, mas estava fechado, uma lotada barraca de pastel denunciava o dia de feira que viria a seguir. Até pensei em mandar um para dentro, e cheguei a perguntar à moça que atendia no canto esquerdo da banca se ela tinha algo mais forte para beber, pergunta que ela parece não ter entendido ou, se entendeu, simplesmente me ignorou mesmo.

De qualquer maneira, foi inevitável perder o apetite ao observar playboys trajados com suas vomitantes camisas polo e desprezíveis sapatênis, provavelmente recém-saídos de balada poperô qualquer, comendo execráveis salgados de frango com requeijão e bebendo refrigerantes com cola, talvez em busca de alguma liga que não conheço.

Me afastei e continuei a caminhada, confesso que um tanto nauseado, abatido pelo cenário que acabei de descrever. Um pouco mais para a frente e para baixo, no meio da Mourato Coelho, confirmei a tão óbvia porém verdadeira regra de que nada é tão ruim que não possa piorar, ao avistar fruteiros roncando, em sono profundo, sobre suas barracas recém-descarregadas.

Sim, sono profundo.

Claro que hoje a bagaça toda é mais organizada, civilizada, coisa e tal, mas talvez os feirantes de minha geração tenham se divertido mais.

Primeiro: pastel de feira era sagrado e se comia com garapa, nada de refrigerante! Outra coisa: poucas opções de sabores para poucos e bons. Afinal, quem come um pastel de carne-seca tem tanto valor quanto quem manda uma pizza romeu e julieta, ou qualquer outra coisa do gênero.

Dependendo da feira, os pasteleiros até chegavam bem cedo, para servir ébrios boêmios da região e mesmo os colegas fruteiros. Daí a atender meia dúzia de engomadinhos existe uma distância olímpica.

Fruteiro realmente chega cedo pra abrir a feira, e isso não mudou. O que mudou foi o comportamento da classe.

Parte do ritual de batismo da rua da feira era a santa jogatina, realizada após o descarregamento das barracas. Truco, porrinha e cachaça eram preferências. Às vezes, quando rolava dominó, largava minha brigada carregando mercadoria no entreposto do velho e me juntava a eles.

Pois o horário ideal pro feirante dormir é após o almoço, por volta das três horas, até o comecinho da noite, sete ou oito. E basta. Na minha época, essa regra valia pra todos. Não é à toa que vi dezenas de casamentos acabados por conta dessa rotina. Mulher só aguentava o marido se fosse feirante também. Pelo menos no meu tempo.

Mas a alegria dos fruteiros era a feira do Jardim Piratininga, realizada até hoje às quartas. Damas da noite, do centro de Osasco, da Luz, da Augusta e de tudo quanto é canto, vinham alegrar os valentes cachaceiros cavaleiros hortifrutigranjeiros.

Chegavam, bebiam uma cachacinha, por vezes até arriscavam um baralho, pra depois cair na esbórnia total com os nobres vândalos.

Por volta das quatro da manhã rolava verdadeira sinfonia das molas dos caminhões velhos, que balançavam com a putaria generalizada de quem pouco se preocupava com aids ou outras — como eles diziam — "bobagens".

Até porque sempre tinha alguém que "tomava nos cano", dividindo a seringa, atitude impensável nos dias de hoje.

Nunca, em hipótese alguma, as meninas cobravam um centavo dos fruteiros. O que davam era retribuição pelo carinho recebido.

Escambo.

Massa caseira

"Olha a massa caseeeiraaa", apregoava com voz anasalada, sempre no mesmo tom, a frágil senhora de óculos, passando entre as bancas com sua sacola de náilon azul, guarnecida de uns dez rolos de massa de pastel, que aliás nunca vi ninguém comprar.

"Para de falar besteeeiraaa", por baixo do balcão da banca do meu pai, eu imitava sua voz, os dedos tampando o nariz.

"Resto da outra feeeiraaa", emendava o bananeiro com o mesmo tom de voz, e assim ia pela rua inteira, num eco hilário e cruel.

Depois soube que d. Nahir era na verdade mãe de uma pasteleira da Vila Mariana, que lhe dava os rolos de massa. Ela tinha vergonha da mãe. Melhor dar alguma ocupação para a idosa do que ter que aguentar sua companhia.

Nem me arrependo de zoar a velha todo santo sábado, numa obscura rua de Campo Limpo Paulista. Criança é bicho cruel mesmo.

Outra coisa: existe um comércio paralelo na feira, entre as barracas, de ambulantes vendendo limão, mandioca, bala. Um povo que desperta a ira do feirante, que precisa se haver com um monte de imposto.

No final, ninguém tem razão, no comércio somos todos vítimas, se existe algum vilão, esse é o Estado, que sempre parece não ter o mínimo interesse em organizar as coisas de maneira que fiquem viáveis para todos. Mas fato é que esses ambulantes são bem zoados pelos feirantes. Alguns fisicamente, inclusive. Limoeiro, por exemplo, era atingido com limões na nuca.

Falando em violência física, naquele dia, não sei se foi o maldito sol camusiano que alterou a consciência da velha, ou o diabo mesmo. Mas na zilhésima vez em que ouviu o trocadilho idiota do bananeiro, ela foi pra cima do neguinho e jogou os rolos na cara dele, um a um.

Depois, encheu sua sacola com bananas ouro, prata e nanica. Levantou a cabeça e sentenciou, com sua insuportável voz desafinada:

"Tá pago."

A partir do sábado seguinte tudo continuou igual, com exceção do bananeiro, que ficou pianinho, pianinho...

Os seguranças

Embora hoje já se aceite até cartão de crédito nas bancas, na minha época cem por cento do movimento diário era de dinheiro ou cheque. Ou seja, prato cheio para assaltante.

De maneira que toda feira tinha um segurança, geralmente um PM em dia de folga, pago em regime de vaquinha por todos os feirantes. Cada um contribuía com o que podia. Bucheiros e peixeiros, geralmente mais endinheirados, davam grana mesmo, enquanto verdureiros pagavam com escarola, tudo certo.

Acontece que, com tanto ex-presidiário na feira, assaltos eram raros, já que todos se conheciam e se respeitavam. Feirante e ex-detento são *brothers*.

Então, o que fazia o PM pra mostrar alguma utilidade que valesse sua geladeira cheia nos fins de semana? Ora! Vendia troços que confiscava na rua para os próprios feirantes, gerando assim mais um comércio paralelo.

Feirante tem alma de cigano, adora esse tipo de negócio.

A utilidade do PM era ter tudo que você possa imaginar, pelo preço mais camarada. Cocaína, maconha, cano, filmadora, roupa, moto, spray de gás lacrimogêneo, tudo.

Certo dia, Tedesco, polícia ponta firme da feira de quinta, apareceu com uma linda e aparentemente silvestre arara, que seduziu meu pai. À tardinha, o velho chegou em casa todo pimpão com a novidade, que a princípio deixou minha mãe um tanto assustada. Inferno de noite, com a maldita ave gritando CRAA! CRAAA!

No dia seguinte, seu Israel foi à feira onde Tedesco trampava às sextas e trocou a já rouca ave por um bonito jogo de maquiagem, para compensar a noite maldormida de d. Nice. O PM era bom de negócio.

Os aviõezinhos

A minha barraca parecia mais um bar. Desde cerveja, devidamente acondicionada no isopor com gelo, passando por bebidas "quentes" debaixo do balcão, até o improvisado balcão de caipirinhas, tínhamos de tudo, em se tratando de álcool. Tanta bebida à disposição porque a banca era minha, que sou cem por cento alcoólico, até hoje. Mas nem todos se satisfaziam apenas com isso.

Acho que a coisa saiu do controle quando inventei de fazer as caipirinhas. De casa, levei só a cachaça de alambique, comprada no seu Salvador, um dia antes. Um dos filhos da lavadora de pano fazia pequenas tarefas durante o dia, como desembalar frango congelado e varrer o chão da banca. A ele dei a missão de coletar frutas e açúcar com os colegas feirantes.

Uma hora depois, o garoto volta com o que pedi e também com dois pacotinhos, entregues na mão do cortador de fígado e do desossador de frango. Maconha e farinha, respectivamente.

Chamei o moleque de canto, para perguntar onde tinha arrumado aquilo, no que ele respondeu me perguntando se eu estava nervoso, porque, se estivesse, era só tomar um tarja preta, que já estava na mão, inclusive. E o garoto não tinha nem dez anos! Falei que não estava brabo, que ele não levaria bronca nem nada, eu só queria saber a origem da mercadoria.

Eis o ocorrido.

Ao chegar à banca de frutas, pedindo material necessário para a caipirinha, o fruteiro, além de fornecer com a maior prontidão limão, abacaxi e morango, à parte lhe deu gentilmente um sacolé, pedindo-lhe que o entregasse na mão do meu frangueiro, que gostava do troço, e disse que passava lá depois pra beber uma caipirinha.

Na banca de cereal, onde o garoto buscou açúcar, aconteceu algo parecido, e assim foi.

Só sei que, lá pelas onze horas, eu estava praticamente fazendo bico de barman pra uma dúzia de feirantes que levavam drogas pra trocar por álcool. E eu, que ingenuamente pensei em embriagar minha brigada para afastá-la pelo menos um pouco da cocaína, perdi feio. Nunca um tiro saiu tanto pela culatra.

Rápida reunião na happy hour, em que tomei duas decisões:

1. As caipirinhas sairiam apenas um dia por semana, a combinar, pois eu não estava a fim de um segundo emprego não remunerado de barman.

2. Que cada um usasse o que quisesse, com a condição de negociar o escambo pessoalmente, nada de usar criança como aviãozinho.

Afinal éramos bucheiros, não moleques!

O cafezinho

Não conheço ninguém que goste de fiscal, esse ser vampiresco que vive de criar problemas para vender soluções. Na feira, ele não forma a exceção que confirma a regra. Ou seja, é tão odiável e inútil quanto um fiscal de obras, por exemplo. Teoricamente, a sua função é checar o horário de montagem das bancas, se ocupam apenas o espaço permitido pela lei, se os feirantes realmente estão lá etc.

Dificílimo, não? Não é à toa que fiscal de feira começa no ofício magrinho e anos depois sua aparência lembra a de um boi velho que nem serve mais para o abate.

Acontece que a feira livre é uma verdadeira afronta às normas da vigilância sanitária, com todos os seus alimentos expostos de maneira precária, sob péssimas condições de higiene, por horas e mais horas. Não aconselho ninguém a, por exemplo, comprar um peixe que saiu do Ceasa à uma da manhã, ficou no baú porcamente refrigerado do peixeiro até as cinco e, por fim, exposto sob imponente sol até as onze, no meio da rua, embaixo de uma lona que meio que vaporiza o bichinho morto à toa.

Culpa do peixeiro? Em parte, sim. Mas é necessário dizer que ele joga com as cartas que tem, e precisa sobreviver. Um dos maiores males do homem é que ele associa, em vez de pensar. Se a coisa funciona assim há quase um século, se o sujeito passou a vida inteira fazendo desse jeito, por que pensar em tentar algo diferente? O peixeiro é só um exemplo. A feira toda é precária. Pegue um cacho de bananas fervendo sob o sol do meio-dia e entenderá o que digo.

Num mundo decente, caberia ao fiscal ter consciência dos problemas e buscar soluções junto com seus superiores, além do óbvio diálogo com os próprios feirantes.

Na prática acontece o seguinte: ou o feirante deixa o "cafezinho" semanal do fiscal e mais tudo de mercadoria que ele conseguir levar, ou o funcionário da prefeitura chama seu amiguinho da vigilância sanitária para aplicar multas altíssimas. Tudo o que um feirante não quer é a indesejável visita da vigilância.

"Esse frango está em temperatura inadequada, garoto."

"Mas ele está sobre o gelo e com mais um pouco por cima, pra manter o frescor. O que devo fazer então, senhor?"

"Isso não é problema meu, garoto. Estou aqui para manter a lei."

"E eu estou lhe pedindo ajuda técnica, para fazer tudo direito."

"Você quer discutir comigo? Tá de brincadeira, é isso mesmo? Vou buscar o talão de multas no carro e acabar logo com essa história, pois tenho mais o que fazer!"

"Não, por favor. Há algo que a gente possa fazer, de maneira amigável?"

"Olha, não gosto muito de fazer isso, mas estou vendo seu esforço para trabalhar direito, portanto quebrarei seu galho."

E escrevia no papel em cima do caixa o valor desejado, muitas vezes mais alto do que a féria do dia, só para me deixar trabalhar em paz mais uns seis meses. Isso me aconteceu mais de uma vez. Saía mais barato deixar o "cafezinho" da semana para o fiscal de sempre, que, por sua vez, dividia a parte acordada com o imbecil do agente da vigilância sanitária.

Cansei de ver feirante ter a matrícula cassada por peitar fiscal e tentar trabalhar direito. A real é que trabalhar legalmente é inviável, não tem como, devido à quantidade de coisas que te pedem, mas também não há ninguém muito preocupado com isso.

Destino cruel teve seu Rui, tomateiro das antigas, que não ia trabalhar fazia semanas, por conta de um derrame, e mandava Deborah, a peituda e ingênua filha, em seu lugar. Eita menina jeitosa! Suas covinhas se assemelhavam a dois tomates italianos, os seios pareciam tomates Carmen e ela mesma tinha nome de tomate! Além de tudo, usava avental vermelho! Como não comprar tomate dessa diva?

O problema é que seu pai não melhorava e o merda do fiscal cobrava o tal "cafezinho" havia umas três semanas já, e a musa não sabia mais o que fazer, até porque não repassara o problema ao pobre velho, necessitado de repouso absoluto.

Boa menina.

Perguntou o que fazer aos colegas das barracas vizinhas, e todos recomendaram pagamento imediato, com máxima urgência, que não se podia deixar acumular, enfim... Que uma providência fosse tomada!

Um belo dia levantou ainda mais cedo, cheia de coragem e foi à luta, disposta a acabar com aquilo de uma vez por todas.

Luciano era o fiscal daquela feira, típico gordinho comedor de lasanha congelada de prateleira de supermercado, sujeito nada confiável. Por volta das onze e meia (horário em que já se costuma ter dinheiro no caixa, além disso fiscal nenhum acorda cedo), caminhou todo zangão até a barraca de tomates, com seus passos de balofo.

Mas nessa manhã Deborah estava diferente, confiante, certa de sua vitória. "Que venha o pamonha!", deve ter pensando quando o avistou.

"Olha, sei da condição do seu pai, mas já venho pedindo há semanas, não trabalho sozinho, e não tem mais nada que se possa fazer. Ou me arruma o cafezinho hoje ou serei obrigado a dar um jeito de te dar no mínimo uma advertência", começou assim o maldito parasita.

No que Deborah o interrompeu, tirando de cima de dois imponentes volumes de inox o pano de prato, como se fosse uma mágica, e perguntou, triunfalmente:

"Puro ou com leite?"

Torta do espanhol

Fato é que feirante adora um escambo, essa moeda pela qual até hoje tenho imenso respeito. E, na feira, é muito legal a ideia de um colega oferecer sua mercadoria ao outro, numa ação quase autossustentável. Pelo menos em minha época, nunca vi feirante comprando comida no supermercado. E, quando o costume se estendia à freguesia, era fantástico. É bastante comum ver dentistas, advogados e outros prestadores de serviços trabalharem em troca de peixes, frangos e até mesmo frutas nessa adorável economia paralela, alheia ao Estado e, consequentemente, à fome dos impostos.

Na terceira semana seguida que seu Manolo, um simpático senhor espanhol, comprou três quilos de sobrecoxa de frango desossada, suas mãos exalavam um agradável cheiro de refogado de tempero caseiro; perguntei se ele era cozinheiro, no que respondeu que não, apenas fazia tortas para os netinhos. Estava aberta a porta para o escambo. Enfiei um quilo a mais em seu pacote e pedi que trouxesse uma torta pra gente na semana seguinte.

Há quem coma, há quem beba. Feirante costuma priorizar a bebida, e fazem parte da estratégia pequenos salgados que permitem que se permaneça em pé por mais tempo, de maneira que a torta do espanhol era muito bem-vinda, logicamente. Só não esperávamos que fosse tão saborosa.

Recheio de frango bem desfiado e temperado com salsinha, tomate, cebola e manjericão encoberto por massa bem douradinha e crocante, mais lembrava torta da vó, de tão suculenta. Bucheiros durões pareciam netinhos inofensivos perante o assado, que acabou em poucos minutos.

Perguntei gentilmente se ele poderia trazer uma torta a mais na semana seguinte. Em troca, não cobraria por sua compra. A pasteleira do lado lhe ofereceu um bandejão de pastéis crus, para ele fritar para os netinhos, em troca de uma torta. E o batateiro se interessou por *tortillas*.

Pronto, roubamos o espanhol das praguinhas urbanas. Estava feito o escambo. Em pouco tempo, seu Manolo já ia ao logradouro equipado com uma caixa refrigerada, cheia de pequenas porções das deliciosas tortas para todos. Em troca, levava a maior feirona pra casa. Todos adoravam o velho.

Também não demorou para o espanhol ganhar intimidade e encher a cara conosco. Mas a festa se mostrou meteórica. Um belo dia, enquanto discutia com o fruteiro sobre a possibilidade de uma torta de maçã, caiu duro no meio da rua. Infarto fulminante.

O sorriso escancarado no presunto entregava como o velho morreu feliz e realizado, fazendo o que sabia e gostava. Bonito de ver.

O enterro foi patrocinado por d. Matilde, dona da funerária da rua de trás e velha admiradora de suas tortas. A família do espanhol não pôs a mão no bolso.

BUCHEIROS

Treze

Enquanto meu pai tocava com sucesso seu entreposto frigorífico, atendendo quase a totalidade dos bucheiros da Vila Leopoldina, eu o substituía em sua banca de terça a domingo, rodando Osasco — a Cidade de Oz — inteira. Claro que ninguém tinha o menor respeito por mim. Nem pelo nome me chamavam, preferiam me chamar de *mulequi*. Adorável. Era meio que obrigado a ficar apenas no caixa, administrando a operação da maneira menos precária possível, dentro da minha limitação física. Como tinha mais funcionário honesto que ladrão, no final o estrago nem era tão grande. Pegar numa faca? Cortar bifões de fígado? Desossar frango? Não, senhor! Isso era "serviço de homem". E não era eu que iria tentar convencer um monte de malandro, com várias passagens pelas penitenciárias estaduais, do contrário. Além do que, a posição de "filho do patrão" nem era tão ruim assim, tamanha a admiração que a maior parte daqueles homens nutria pelo meu pai, que sempre ajudava os caras a sair da cadeia, com bons advogados. Além de uma fidelidade que não se vê mais hoje em dia, como retribuição a sala de casa era toda decorada por caravelas, feitas com o maior esmero e carinho a partir de meros palitos de dente.

Quando saíam da cadeia, o velho sempre oferecia emprego. Costumava dizer que "só não trabalha quem é vagabundo".

Acontece que, com o movimento cada vez maior do entreposto, a operação da feira valia cada vez menos a pena em termos financeiros. Muito trabalho para pouco dinheiro. E aí meu pai resolveu simplesmente parar com o pequeno comércio ambulante, com certa dor no coração devido à sua origem, mas fato é que não dava pra continuar.

Nisso, vi a oportunidade de negócio, tomei coragem e fui falar com ele:

"Pô, pai! O negócio é bom! Não vende, não! Dá ele pra mim! Eu já tomo conta mesmo!"

"Dar eu não dou, porque filho meu não ganha nada de mão beijada. Mas te arrendo a banca, se quiser. Duzentos conto por semana!"

"DUZENTOS, pai?"

"É. E se não quiser, foda-se."

A partir daí, devido à ridícula idade, me tornei o bucheiro menos respeitado da história da Vila Leopoldina. Mas estava valendo! Meu primeiro negócio sério.

E para convencer a antiga brigada do meu pai a me obedecer, coisa e tal? Eles continuaram me tratando do mesmo jeito simpático.

Dos cinco funcionários, um metia a mão na grana, na caruda, e eu estava bem ligado na situação. O plano era dar um flagrante no elemento, para assim ganhar a porra do respeito da brigada de ouro.

E não demorou muito, não. Na primeira semana de minha gestão, peguei o "larápio" enfiando a bufunfa de uma compra embaixo da *taubua di figu*.

Imediatamente o empurrei, mostrei a grana para todos — para desmoralizá-lo — e o mandei embora.

Seria perfeito, se ele fosse embora. Mas preferiu pegar sua Tramontina dezessete polegadas e falar algo do tipo "É agora que vai morrer, muleque folgado du caraio!".

Corri até a outra ponta da banca e me armei com uma patética faca de desossar frango. Perdão pela tosquice, mas foi o que deu tempo de fazer. Como todos tinham visto o acontecido, contei com a valiosa ajuda do Ademir, o maior da brigada, que impediu o cabra de chegar junto e o mandou pra casa.

A partir daí, formamos um time.

A história logo se espalhou e comecei a ter tratamento digno de bucheiro, com direito a usar arma e tudo. Até hoje nunca dei um tiro na vida, mas, como a posição exige armamento, arrumei um trinta e dois medonho, que possivelmente travaria no caso de tentativa de disparo. Seria mais provável eu morrer de tétano que o oponente de pipoco.

Do alto da arrogância de minha adolescência, me sentia o príncipe dos bucheiros. Com o tempo aprendi que nem todo filho de rei tem vocação imperial.

Frango temperado

Ser filho de atacadista tinha lá seus prós. Sempre tive bom desconto, ainda mais que comprava tudo à vista, coisa rara no ramo. O resultado é que meu preço final, no varejo, era imbatível.

Contras? Óbvio que havia. Por exemplo, para compensar o desconto literalmente de pai para filho, o velho sempre me empurrava uns fundos de câmara, com carnes próximas do vencimento, de procedência bastante duvidosa.

Pois, então, o que fazer com dez caixas de frangos que começavam a escapar das mãos de tão lisos? Hora certa de exercer a tal verve criativa, que hoje anda meio abandonada, para sorte de todos.

Primeiro se corta tudo à passarinho, dispensando os miúdos, já sem condições para consumo humano. Depois lava-se com bastante vinagre para tirar o ranço. Aí tempera-se com cheiro-verde, cebola, alho, sal, pimenta-do-reino e um pouco de colorau, para dar cor.

O danado ficava lindão e contagiava a feira inteira com seu cheiro intenso. Isso enquanto durava no balcão, já que era sucesso absoluto na feira do Jardim Jaguaribe, realizada até hoje, às terças.

Se na outra semana não tinha o especial, a freguesia reclamava. E para explicar o porquê da falta? Dava, não. A solução foi preparar o frango temperado todos os dias, independentemente da qualidade do ingrediente disponível.

Sucesso absoluto em Osasco. Tinha gente que vinha de longe para comprar. Confesso que eu mesmo levava para casa, às vezes. Era gostoso.

Happy hour

Talvez exista quem beba tanto quanto o bucheiro. Mas mais é pouco provável. Tomo como parâmetro o meio onde me meti logo depois, por mais de uma década, o afetadíssimo mundo gastronômico, onde sou conhecido pela forte resistência ao álcool. No mundinho da gastronomia, o que mais há são pessoas que gostam da ideia de gostar de comer e beber, despejando sua enorme carência em uma tacinha de vinho chileno.

Prefiro mil vezes a companhia do não bebedor à do canalha que toma só uma tacinha ou, pior, aquele que só prova, para "degustar".

Sempre bebi e comi para elevar meu espírito — e uma tacinha não me satisfaz. Pretendo assim continuar até o fim dos meus dias. Mas, se consideramos que o *foodie* é babaca no maior grau, se o compararmos com o bucheiro, vamos de extremo a extremo.

Ou seja, os bucheiros exageravam, no capricho.

Muitos simplesmente passavam a maior parte do dia bêbados. Falo daqueles que começavam antes do amanhecer, para parar de tremer, e iam, num embalo só, até o final da happy hour, por volta das oito da noite. Não sei como conseguiam repetir a rotina dia após dia. Só pode ser uma questão de condicionamento, pode crer.

Após desmontarmos a banca, rolava a primeira happy hour, na própria rua da feira, com a brigada e às vezes na companhia de outros feirantes. Falávamos mal dos fiscais, um pouco sobre o glorioso São Paulo Futebol Clube do mestre Telê Santana, enfim, era atividade pra desestressar.

Conta encerrada por volta das quatro da tarde, voltávamos para a Vila Hamburguesa, e aí a coisa começava a pegar, no caminhão em movimento.

Da mesma maneira que o bucheiro acordava ressacado e tímido, curtindo sua intimidade com o copo de rabo de galo (para parar de tremer), às quatro da matina, doze horas depois estava com o botão do foda-se ligado no volume máximo.

Com o Roadstar sintonizado em alguma estação AM, tocando Odair José, quatro ou cinco selvagens praticavam na cabine cada um seu vício, sem pudor algum. Uns cheiravam pó, outros fumavam marijuana, geralmente o motorista pegava mais leve, com uma latinha de cerveja ordinária, e até "tomar nos cano" era visto com a maior naturalidade. Um zoológico *trash*, a cabine de caminhão. Só não podia frear bruscamente, aí seria o maior prejuízo. Eu, que desde cedo apenas bebo, sentava na janela com a cabeça para fora, pra não ficar louco por tabela.

Chegando à Vila, a última obrigação do dia: guardar a mercadoria que sobrou na câmara frigorífica. Sem mais nada pra fazer, aí, sim, é que começávamos a beber de verdade, geralmente no bar do Vesgão, logo ali.

Aos poucos iam encostando caminhão por caminhão, com um bucheiro mais louco que o outro, sempre com mentiras na ponta da língua, que fariam corar de vergonha o pescador mais experiente. De "Hoje vendi 35 caixas de frango" a "Comi a pasteleira na carroceria do caminhão do fruteiro", ouvia-se de tudo.

Sempre que passava algum ser assemelhado com o sexo feminino na frente do boteco, quatro ou catorze bucheiros iam pra porta do bar, munidos de seus copos americanos, chupar aquela manga básica, fazendo assim pedreiros parecerem acadêmicos da Sorbonne.

Pelo menos três vezes por semana rolavam brigas amenas, fraternas, realmente inofensivas. Embora não faltasse faca e todo dono de banca andasse armado, as lutas eram mais românticas, na mão mesmo.

As brigas começavam por motivo invariavelmente fútil, como um soquinho no ombro do outro, "brincadeira de mão não dá certo", logo rolando pela sarjeta, para terminar em no máximo dez minutos com os dois oponentes chorando e trocando declarações de amor, como em uma família italiana das mais bregas e sentimentaloides.

Claro que, com a briga, vinha a jogatina, em que eu sempre ganhava uns trocados. Além de bom olho para lutador, quase sempre eu era o menos breaco do povo.

E também rolava o tiro ao poste, espécie de duelo no qual dois bucheiros miravam seus enferrujados revólveres na lâmpada de algum poste da rua do bar. Descarregavam o cartucho, um por um, tiro a tiro, até alguém acertar. Quem perdesse pagava a conta. Se nenhum dos dois acertasse, e isso era o que mais ocorria, os dois rachavam a conta toda, para deixar de ser bestas.

Lá pelas sete, a turma começava a dispersar. Uns iam à saudosa Blitz, prostíbulo com as profissionais mais capengas deste lado do Ocidente, perto do Ceasa, outros corriam para o seios de suas santas esposas, e havia até quem tivesse pique pra jantar no Dinho's, no largo do Arouche.

Embora Vesgão fechasse às dez, após as oito havia pouquíssimo movimento. Eu sempre ficava até o final, refletindo sobre o dia de feira.

A Blitz

Normalmente mulher de bucheiro acompanhava a operação apenas nos fins de semana, ao ser buscada em casa só quando o caminhão já estava carregado. E era deixada em casa antes da happy hour tão toscamente descrita no capítulo anterior. De maneira que, além de uma ou outra exceção, a mulher não tinha exatamente uma boa noção do horário da jornada completa do marido. Diante desse cenário, o prato estava cheio para quem quisesse fazer todo e qualquer tipo de sacanagem. E o que não falta é bucheiro safado.

Cansei de ver colega saindo de casa às duas da madrugada porque ia "chegar carregamento de um fígado bonito de Santa Cruz do Rio Pardo" direto para os puteiros mais vagabundos, nas proximidades do Ceasa.

Assim como já vi homem barbado inventar pra patroa que tinha sido assaltado, quando na verdade havia perdido a féria do dia na mais tosca mesa de *blackjack* da Vila Leopoldina, perto da garagem da CMTC.

Drogas e álcool nem sempre combinam com putaria e jogos, ainda mais antes do trampo. Às vezes a putaria começava às três da manhã, parava para breve intervalo de trabalho e voltava às quatro da tarde, sem hora para acabar.

Pode ser jogador, prostituta, traficante, taxista ou o diabo. Fato é que quem é da noite não tem a menor piedade do sujeito que se embriaga e dá mais trabalho que o devido. Até certo ponto, concordo. Ainda hoje tenho profundo desprezo por boêmios amadores. Mas, como os bucheiros andavam praticamente em gangues, os mais profissionais meio que cuidavam da molecada que não se comportava direito. A não ser que o cabra fosse muito otário, aí dançava. Exemplo: levantou a mão pra mulher? Tem mais é que apanhar e ter a carteira depenada mesmo. E ainda tinha que se virar para ir embora.

O puteirinho do coração dos bucheiros era a Blitz, onde tínhamos nosso uísque guardado e vendido a preço de bar, não o lixo falsificado a preço de turista que 90% da clientela bebia.

Por um tempo, o maior problema foi o som ambiente do local, com aquele bate-estaca medonho. Bucheiro gosta de ouvir Amado Batista, Odair José e, acima de tudo, o Robertão. Felizmente aprendi a discotecar na adolescência, por conta da timidez e da total falta de interesse e habilidade para aprender a dançar, e equipamento não era problema.

Com jeitinho convenci o japonês dono do puteiro, e também de três boxes de frutas no Ceasa, a deixar meus discos e pickup no canto da cabine de som. Eis que por alguns meses, duas ou três noites por semana, me tornei o DJ oficial da Blitz, função da qual me orgulho até hoje.

Não cobrava nada. Quando o trabalho é tão nobre, ele se paga por si. E como nos divertíamos! Se íamos antes do trampo, tínhamos assunto praticamente para o dia inteiro.

Festa-relâmpago, com fim melancólico, quando a polícia fechou o puteiro, numa blitz qualquer. A real é que o japa gostava de meninas mais novas, e, embora até conhecêssemos gente com influência para reabrir a espelunca, ninguém se mexeu. Contra uma barbaridade dessas não há argumentos. Por mais divertido que tenham sido esses dias de Blitz, o final deixou um gosto amargo. A ponto de o povo nunca mais se reunir em sua totalidade, em outro lugar do gênero.

Pelo menos salvei meu equipamento, antes de o barco afundar.

Carlão

Tratava-se de um ex-capitão da PM, ou qualquer diabo que o valha. Nunca fui muito de decorar função de polícia, não. Trabalhava com a esposa e os dois filhos, e cuidava do negócio de maneira militar, sua barraca parecia um quartel e sua família trampava cabisbaixa, toda subordinada. Coisa triste de ver e deprimente de lembrar, de maneira que não me estenderei muito.

No começo da noite, eu jogava bola na rua com seu filho, e o garoto era realmente craque. A turma toda enchia o saco dele para fazer um teste em qualquer time profissional, antes que fosse tarde demais.

O garoto dizia que o velho era muito rígido, qualquer coisa no estilo "Filho meu num pode ser vagabundo, tem que trabalhar!", chegou a bater nele, na única vez em que o moleque mencionou o assunto, inclusive. Aliás, enfiar a mão em algum membro da família sem a menor cerimônia, na frente de qualquer um, era especialidade do patife. Bastava uma falha qualquer, como uma faca no lugar errado, pro PM se destemperar todo.

Puta situação constrangedora.

Até o dia, numa feira de quarta, em que sua esposa cortou levemente o dedo, ensanguentando, por consequência, o frango que manejava.

"Puta que pariu! Deu pra estragar mercadoria agora, caralho?", declamou o capitão, com o tom de voz gentil de sempre. "Desculpa, meu amor! Cortei o dedo, tá dueno...", respondeu a esposa, de maneira doce e paciente.

"Eu quero é que seu dedo se foda! Enfaixa essa merda e vai lavar o frango que você tentou estragar! Tá pensanu que dinheiro dá em árvore?"

E assim vivia, feliz, a família. Histórias desse naipe é o que mais tenho. A Vila toda comentava.

Até o dia em que o filho chegou para ele, no meio do expediente de uma feira de quinta, e disse que ia embora naquele instante para morar com o Roberto, garoto da escola, por quem tinha se apaixonado.

Antes que Carlão desse o primeiro grito histérico, o próprio namorado do menino surgiu sei lá de onde e tascou um beijo na boca do filhão. E foram embora juntinhos, de mãos dadas, na frente da feira toda.

O velho capitão nada disse, nada fez. Sentou em cima de uma caixa vazia e ali ficou, calado, quase catatônico. Sua esposa, nervosa, não se aproximou dele, por medo natural. Vagarosamente o ex-PM levantou e foi para trás do caminhão, em direção à cabine. Pegou seu cano, calibre 38, e disparou contra seu osso temporal.

Ignorância mata.

D. Tereza assumiu a barraca com a filha e contrataram dois cabras pra ajudar. O negócio prosperou, melhorou um tanto, porque freguesia não gosta de cara feia, nem de gritaria.

Do Adriano nunca mais ouvi falar. Perdi meu companheiro de pelada para o namorado. Só sei que o futebol perdeu um grande craque.

Heleno

Dois belos olhos azuis contrastavam com seu rosto, que mais parecia um maracujá. Quem o via lhe dava tranquilamente uma média de 65 anos. Tinha 45.

Cocainômano e alcoólatra, já tinha puxado cana duas vezes, ambas por pequeno tráfico. Franzino e amador, traficava para sustentar o vício, nunca poderia dar certo.

Quando não estava muito bêbado, até que trampava bem, era hábil com a faca e tinha bom trato com as senhoras, que piravam no seu par de olhos.

Bom de papo, o Heleno. Contava a todos com orgulho que seus pais o batizaram com esse nome inspirados no Heleno de Freitas, dizia inclusive que chegou a jogar no Nacional quando jovem. Vai saber.

Bem xavequeiro, esse Heleno.

Tomava o primeiro bombeirinho num boteco qualquer, por volta das quatro da matina. "Para dar coragem!", esclarecia.

Às seis e pouco, enquanto armávamos a banca, sempre escapava rumo ao boteco e, enquanto o povo tomava um pingado com pão na chapa, mandava uma maria-mole; por vezes até se empolgava, cantando "Botafogo, Botafogo, campeão desde 1910...", e repetia as únicas palavras que conhecia do hino. "Porra, Heleno! Não são nem sete horas e já quer voltar pro bar?!", observei certa feita. No que ele respondeu, de pronto: "É pra parar de tremer e pegar a faca com mais firmeza, patrão!". Outro xaveco.

O problema era o atendimento que dedicava à freguesia quando estava trincando de bêbado, antes das dez da manhã. Certa vez chutou violentamente um vira-lata que apenas paquerava à distância uma peça de fígado. Quase aleijou o cachorro, que chegou a ficar com as quatro patas no ar, dada a força do golpe, levantando voo, coitado. Óbvio que tamanha ignorância era desnecessária, para não falar no escândalo que o bichinho deu, lembrando uma porca parindo.

Horrorizada, uma senhora, que na hora comprava fressura pra preparar o almoço de domingo (boa freguesa, por sinal), lhe deu a maior bronca. "Essa feira é foda, cheia de vira-lata faminto, não pode dar o braço que eles já querem a mão, tem mais é que chutar memo, dona! Tem jeito não!", respondeu.

"Mas é meu cachorrinho, seu Heleno! E ele não tava fazendo nada, poxa vida! Tava quietinho!", indignou-se a senhora, certamente esperando um pedido de desculpas.

Mas o velho manguaça nunca perdia uma discussão.

"Se o cachorro tá com fome, dá comida pra ele em casa, não traz pra comer na feira!"

Adonias

Até hoje, nunca conheci alguém tão caprichoso com uma faca na mão, e considere que depois desses dias de feira trabalhei por quase quinze anos com cozinha profissional.

Infelizmente, Adonias também tinha problema com álcool, a ponto de quase não conseguir se manter em pé após as oito e meia da manhã.

No velório da mãe, ficou agarrado aos dois candelabros da cabeceira do caixão, numa patética tentativa de se equilibrar. "Mamãeee... mamãezinhaaaaaa!", agonizava o bebum, para enorme constrangimento de todos.

Após longos e tensos dez minutos de malabarismo, o artista obviamente escorregou com as velas em cima do caixão. Foi Adonias para um lado, caixão para o outro, e o corpo num terceiro canto, para total desespero da família que ele nem conhecia, já que estava na sala errada do velório.

Já na rotina da feira, era eu quem segurava o onda do ébrio, gostava dele. O segredo era lhe dar muito trabalho até no máximo umas dez e meia da manhã, depois já não dava para contar com o cara, não.

Fato é que ninguém desossava um frango com o talento dele. Muitos vinham de longe para vê-lo em ação. Mas rápido ele não era, não. E, quanto maior a quantidade de álcool ingerida, mais lento ficava. Além de genioso, áspero, intratável.

Certa vez, um freguês pediu um quilo de bifes de fígado, lá pelas sete e meia, mas Adonias já estava bem louco.

Até amolar a faca, tirar a pele do fígado e começar a cortar, passou-se uma verdadeira eternidade.

Lá pelo terceiro bife, o freguês disse que estava com pressa, que não dava mais para esperar, além do que aqueles bifes estavam enormes, não caberiam em sua frigideira. Por fim, perguntou se ele poderia cortá-los ao meio e embrulhar rapidão.

No que Adonias levantou a cabeça (mais) lentamente, ergueu sua faca na altura da jugular do freguês e lhe perguntou se alguma vez ele fora se intrometer em seu trabalho, falar "como fazia as coisa", porque era muito chato isso, disse que só queria trabalhar em paz, mas que ele não parava de falar, estava transformando sua vida em um inferno, e que nunca, nunca cortaria o bife de fígado ao meio, se ele quisesse estragar a carne, que o fizesse em casa.

O coitado do homem saiu correndo, assim que conseguiu se desvencilhar da mira da faca, e nunca mais foi visto.

Após inevitável acesso de riso, dessa vez tive que mandar Adonias embora, com dor no coração. Mas o que poderia fazer?

Anos depois, soube que seu filho o ajudou a abrir uma banca de pastel na rua, num puta ponto bom, na frente de um grande mercado. Como Adonias também era exímio cozinheiro, fui visitá-lo.

Antes das sete, claro, que aí o risco de pegá-lo trincando era consideravelmente menor.

Cheiro delicioso de tempero caseiro exalava dos pastéis de carne, que ele estava fechando, no começo de expediente. De cabeça baixa, nem me viu chegar. Péssimo comerciante, de fato. Sentei num banquinho no canto e o vi trabalhar na confecção dos salgados. Embora o tempo estivesse seco, o movimento de seu corpo ébrio pra frente e pra trás dava a divertida impressão de ventania.

Eis que chega uma menina bonitinha, com uniforme escolar, treze anos, no máximo. Pergunta quais sabores de pastel havia disponíveis no dia.

Nitidamente irritado, Adonias levantou (lentamente) a cabeça, pegou sua faca e apontou para as folhas de sulfite, penduradas num varal de ponta a ponta na banca, com os sabores escritos em caneta piloto.

"Me dá um de pizza?", pediu a criança.

"Aqui não dou nada, não é instituição de caridade. Eu VENDO. E de pizza num tem."

"Desculpa, foi modo de falar. Tem de escarola?" Segunda tentativa de compra da menina, talvez já atrasada pra escola.

"Tem, não", respondeu, quase num grunhido, sem nem levantar a cabeça.

"Moço, tô tentanu pedir algum sabor dos que estão escritos aí em cima. Não tem de nada?"

Linda criança, sem noção de perigo.

"Meu Deus do céu! Mas você nunca vem aqui e quando vem ainda quer escolher o sabor? É cega? Num tá veno que tô fechano os de carne?"

Fui embora sem ser visto, nem o cumprimentei. Não gosto de ver criança ser maltratada.

Há pouco tempo, soube de uma feijoada beneficente no boteco do Russo, na Vila Ipojuca, feita para arrecadar fundos para a nova dentadura que Adonias precisava com certa urgência. Ele mesmo cozinharia, e a feijoada dele era das melhores.

Claro que todos estávamos nervosos. Para quem não sabe, cozinha profissional é o pior ambiente possível para um alcoólatra, devido ao estoque etílico do bar próximo e da própria cozinha! Além de comprar convite, vesti meu uniforme de cozinheiro e fui seu ajudante nesse dia. Embora minha principal função na cozinha do boteco fosse proteger as garrafas de vinho e conhaque vagabundos de sua sede monumental, isso foi até que meio desnecessário, já que ele nem tocou em nada. Disse que estava na pior por causa da cachaça, e que tinha "parado com essa merda" fazia três meses, antes que "essa merda acabe comigo".

Feijoada pronta, dei de presente pra ele um dólmã de chef e brindamos nossas Coca-Colas KS (aquelas na garrafa de vidro), para comemorar o sucesso do trabalho. Só lembrar o cheiro daquelas panelas me abre o apetite até hoje.

Tirei a roupa de cozinha e fui para o salão. Naquele dia, quem tinha que brilhar era ele.

Me juntei aos bucheiros e bicheiros que estavam juntos, numa mesa só, coisa rara de ver. Só alguém muito querido conseguiria juntar as duas turmas em uma confraternização.

Vestiu o dólmã e foi para o balcão. Pediu umazinha só. Menos de quinze minutos depois passou por nós cambaleando pelas mesas, se escorando nas paredes até a rua, onde trombou e meio que abraçou o latão de lixo do boteco pra se apoiar, provocando assim a queda de ambos. Chorando como uma criança, tirou o apetite da rapaziada.

O cara tinha virado a garrafa de cachaça em tempo recorde. Abstinência é uma merda.

Levantei e o botei no carro. Sabia que morava lá pros lados do Jardim Baronesa, em Osasco.

Chegando na área, perguntei onde era exatamente sua casa, e ele balbuciou meia dúzia de palavras indecifráveis. Acenou alegremente para uma viatura policial, que veio em nossa direção. Era o que me faltava, pensei.

"Aê! Onde é que eu moro memo?", balbuciou.

"Ô, seu Adonias! Mas cê tá nesse estado, de novo? Aê parceiro! Ele mora três ruas pra cima, só me seguir que os acompanho até lá!", respondeu o PM, na maior tranquilidade.

E, para minha surpresa, fomos escoltados até lá, onde o deixei sob os cuidados da santa da sua esposa, que mais merece um busto na praça na frente da casa deles.

Na última vez em que o vi, tocava um botequim imundo, no Jardim Piratininga, em Osasco. Mas dias bons eram cada vez mais raros. Por vezes, nem abria o comércio.

Desperdício de talento.

Em 2009, foi atropelado por um caminhão da Brahma, na frente do Supermercado Castanha, na Vila dos Remédios. Morreu agarrado com uma garrafa de Dreher entre os braços.

Podia desperdiçar talento e até a vida, mas álcool não. Foi velado e enterrado com a garrafa inteira e lacrada.

Que faça bom proveito.

Getúlio

O mercado dos bucheiros era bem informal na minha época. Imagino que as coisas estejam mais certinhas e sem graça hoje em dia.

Mas basicamente funcionava assim: os bucheiros compravam dos entrepostos, sem nota fiscal, nada. E os funcionários raramente eram registrados. Tudo na base do valor do fio do bigode. E funcionava muito bem, sim, senhor.

Era normal alguns feirantes terem dois ou três fornecedores, pagando cada um com um prazo. No final, dava certo. Em caso de atraso, os entrepostos se comunicavam entre si, para ver se existia algum risco de calote.

Risco pequeno, já que não havia mais que sete atacadistas e não dava para queimar o filme só com um ou dois. Pisou na bola com um, tinha que procurar outra coisa para fazer, já que não haveria mais quem vendesse ao caloteiro.

Bucheiros mais novos eram vistos com desconfiança. Meu caso era exceção, já que tinha um grande padrinho. Se desse calote em alguém, meu pai teria que pagar — depois de me dar um murro, acho eu.

Aí surgiu esse aí. Banca arrendada da esposa de um bucheiro que tinha sido preso por tentar assaltar a padoca onde entregava frango. Patético.

Getúlio era o principal funcionário, e, como a vida de bucheiro era muito dura para a esposa tocar sozinha, alugou a barraca dela.

O problema é que essa história toda se passou na zona leste. Então por que diabos o cabra queria comprar nos fornecedores da Lapa? Claro que trabalhávamos com os melhores frigoríficos, coisa e tal, mas atravessar a cidade todo santo dia gerava desconfiança, cheirava a calote. Mesmo assim, ele conseguiu dois credores: meu pai e outro, o Mazzola (figura boníssima e fanfarrona, rei dos puteiros fubangos da Vila Leopoldina, onde pagava uísque do bom pra todos. Morreu com apenas 43 anos, por overdose de cocaína).

Combinou de pagar semanalmente ao meu pai e de quinze em quinze dias ao Mazzola, mais bondoso e paciente. Claro que comprava menos do meu pai.

Após apenas duas semanas, o cabra deu canseira pra pagar. Quando estava para vencer a segunda fatura, meu pai ligou pro Mazzola.

Batata! Para o fornecedor mais bonzinho, o filho da puta devia fazia quase um mês, estava para vencer a segunda fatura também. Calote à vista!

Depois seria só voltar para a zona leste capitalizado, devia ser o plano bobo dele.

Acontece que, nesse tempo se abastecendo na Lapa, arrumou um ajudante da nossa área, o Jair, cabra ponta firme. Jair já tinha buzinado no ouvido do meu pai que Getúlio não andava armado, que não era macho para isso, não. E, lá na Vila, bucheiro que não andava com cano não era respeitado. Pior que isso, ele tinha medinho de arma de fogo. Onde já se viu?

Um dia antes de vencer a segunda fatura, meu pai o chamou ao escritório. Perguntou se pagaria as duas juntas, no que ele respondeu afirmativamente.

"Mas e o Mazzola? Já sei que você deve pra ele também. Vai pagá-lo?"

"Vô, sim. Amanhã também."

"Mas com que dinheiro, seu filho da puta? Cadê o dinheiro das duas semanas? Tá devendo por quê? Tá achando que a gente é palhaço?! Acha que não sei que o que você quer é dar área e voltar pro inferno de onde veio?"

O negrão ficou branquinho de dar dó, e gaguejou groselha qualquer sobre uma promessa de pagamento no dia seguinte.

"Faz o seguinte. Tá dispensado da dívida, porque quem vai te mandar pro inferno agora sou eu, só que não é pra *Zona Peste* não, é inferno de verdade", disse meu querido pai, engatilhando sua Magnum .45 na frente do caloteiro.

Correu em disparada, o desgraçado. Meu pai foi atrás e na rua já deu dois tiros para cima. Ao ouvir os disparos, Getúlio se atirou no chão e começou a gritar:

"Me acertou! Me acertou! Cê me matou, feladaputa!"

Ao se levantar, viu metade da Vila Leopoldina rindo da cara dele e foi embora chorando. Nesse dia, até a feira ele perdeu.

No dia seguinte, mandou o filho levar o dinheiro do meu pai e do Mazzola.

Nunca mais apareceu.

Aline

Adolescência é uma merda para o homem. As mulheres mais velhas não te dão a menor bola e as mais novas ainda são crianças.

Secura inevitável, ainda mais num ambiente extremamente machista como a feira livre, onde mulher que olhasse para alguém mais novo perdia todo o respeito da comunidade.

Aline era florista, trabalhava na banca do pai, seu Ademar. Eu a via toda quarta, na feira do Jardim Piratininga.

Loira, cintura fina, morena vodca e uns dezenove anos. Acho que eu tinha dezesseis na época. Sem chance.

Certa manhã ela apareceu no boteco da rua de baixo da rua da feira, onde tomava café, vestida com as armas de Paul, uma bela camiseta gringa dos Wings. Estava dada a deixa do xaveco. O pior que poderia acontecer era ouvir um "Se liga, moleque!".

Perguntei qual era seu disco preferido dos Beatles, no que ela respondeu que, sem dúvida, era *Rubber Soul*, pois é o álbum que marca o amadurecimento da banda, antes de eles se tornarem chatos. Discordei, com o máximo de delicadeza que tirei sei lá de onde, e falei que algumas coisas, como o *Álbum branco*, valiam muito a pena. Beatles é a única banda com começo, meio e fim, decretei, como se minha opinião fosse verdade absoluta.

A partir daí começamos a tomar café juntos toda semana. Introduzi Aline ao Deep Purple e ela me apresentou aos Stooges. Gravávamos fitas cassete um para o outro. Rock é uma puta conexão. Lembro de ter passado tardes escutando *No Fun* e achado que finalmente tinha entendido melhor os anos 60.

Claro que após duas ou três semanas fiquei estupidamente apaixonado. Mas morria de medo de me declarar e perder o contato com a guria. Sua companhia era a única coisa que eu tinha no quesito mulher.

Não poderia bancar o covarde. Até porque fofocas já tinham começado a rolar. Ou tentava alguma coisa, ou pegaria uma puta fama de viado, o que não seria nada saudável nesse ramo. Um plano de ação seria necessário, e com urgência.

Morrendo de vergonha, perguntei a ela se queria dar uma volta no Opala Diplomata do meu pai na semana seguinte, após a feira. Poderíamos tomar um sorvete na Vila Leopoldina, e depois eu a deixaria em sua casa, na Vila Jaguara, de boa.

Após se surpreender positivamente com o fato de eu dirigir e de o meu pai emprestar sem problemas uma senhora máquina, ela topou, sim. "Lógico que vamos!", respondeu, empolgada.

Me senti invencível.

Passei a semana gravando fitas só com rock americano, que ela preferia. Argumentava que enquanto inglês estuda, americano nasce grudado com a guitarra, o troço está no sangue. Até certo ponto, concordo com Aline até hoje. Um bom parâmetro é comparar qualquer guitarrista de blues inglês, como o mala do Clapton, com Stevie Ray Vaughan. Chega a ser covardia.

Separei no meu quarto os melhores discos da coleção para mostrar, além de shows raros para a época (hoje facilmente encontrados no YouTube), comprados na Woodstock Discos, que eu pretendia exibir no videocassete G9, seis cabeças, recém-adquirido. Sem querer pagar de tiozão, considero a era pré-internética bem mais romântica que os dias atuais.

Sem dúvida aquela foi a semana mais demorada da minha vida. Mais fácil voltar Jesus à Terra do que chegar a porra da quarta-feira seguinte.

Mas chegou. Deixei a banca sob os cuidados do Vanderlei, meu principal funcionário, e apareci cheiroso e arrumado na feira apenas na hora do desmonte, para pegá-la. Como sempre conversávamos pela manhã, ela não tinha ideia do fedor de frango que eu costumava exalar lá pela uma e meia da tarde. Óbvio que eu queria manter esse segredo.

Carro devidamente lavado, fita dos Allman Brothers engatilhada, e lá vou eu pegá-la no boteco, ponto marcado para sua captura.

Quinze minutos antes do horário marcado eu já estava no local, suando frio de nervoso. Imagine só meu desespero após meia hora de atraso, em um tempo pré-celular.

Quase uma hora depois de minha chegada, era inevitável que eu fosse à banca de seu pai. Ao sair do boteco, fui interceptado pelo Vanderlei, cabra ponta firme.

Perguntei se tinha corrido tudo bem na operação diária, no que ele respondeu prontamente que sim, mas me procurava por outro motivo, explicado em seguida.

Contou que seu Adão, pai de seu Ademar e avô de Aline, morador de Sorocaba, estava nas últimas, e a família tinha ido para lá, nem montaram a banca.

Pegou no sono do volante de sua Belina azul, seu Ademar. O carro atravessou a pista da rodovia, em direção a um caminhão Mercedes 1113, e bateu de frente com ele. Além de seu Ademar, estavam no carro sua esposa, no banco do passageiro, e Aline, logo atrás.

Todos tiveram morte instantânea.

E eu nunca mais consegui dar flores para ninguém.

A peixeira do peixeiro

O espaço usado por uma banca de feira é determinado pela prefeitura, trata-se de concessão pública. Acontece que os feirantes também têm suas regras. Se, por exemplo, o cabra chega sempre atrasado, perde espaço naturalmente. Mas pisar na bola só de vez em quando é permitido, beleza.

Meu pai tinha praticamente uma frota de Kombis e caminhões caindo aos pedaços, que pareciam ter saído direto de algum desmanche do Mandaqui. Quebrar o veículo e chegar atrasado era rotineiro em sua vida.

Mas, como os bucheiros sempre ficam na ponta da feira, logo após os peixeiros, e o velho tinha uma boa relação com todos, meio que ficava tudo certo.

O fogo era bem pequeno numa ocasião em que sua Kombi pegou fogo, próximo a um posto de gasolina. A preocupação de todos foi pegar a barraca e a mercadoria antes que o incêndio se consumasse por completo. Por sorte os frentistas deram uma força com poderosos extintores e nós salvamos o restante. Mas a probabilidade de dar merda era grande.

Completamente desolado, ele pediu um Campari — sua birita preferida — no boteco, enquanto esperava socorro para resgatar o que tinha dado pra salvar.

Ao observar um senhor de branco, bem bêbado, ao seu lado, perguntou-lhe:

"Essa ambulância é sua?"

"É do hospital, mas meu plantão já acabou. Me deixa beber em paz!"

"Quer ganhar uma garrafa de escocês do bom?

"Como faz?"

"Me empresta seu carro. Te devolvo lá pelas duas da tarde!"

"Doze anos?"

"Ô, Portuga! Desce uma garrafa daquela lá pro meu amigo aqui, depois acerto com você!"

Botamos a banca na ambulância, carregamos a mercadoria e fomos. O problema é que já passava das oito horas!

Ao chegarmos, o Carioca, peixeiro casca-grossa, disse que aquilo já era demais, era palhaçada, e que ali era feira, não circo, e, por fim, que não ia dar passagem pra feladaputa nenhum.

Tanto sacrifício à toa?

Nem fodendo!

Ligamos a sirene no ouvido do peixeiro, no mais alto volume. Putíssimo, ele afastou um pouco seus balcões e levantou a lona para a ambulância passar.

Até dispormos certinho toda a mercadoria no balcão, já passava das nove e meia. Daí meu pai colocou tudo à venda praticamente a preço de custo, para não perder nada e girar um pouco de dinheiro. Absolutamente normal.

Acontece que, naquela manhã, muitos que foram à feira comprar peixe acabaram mudando de ideia, para aproveitar a oferta de ocasião. No final da complicada operação, meu pai foi pedir desculpas ao Carioca pelo transtorno, e oferecer uma cerveja para o cara no boteco lá da rua da feira mesmo.

"Desculpa é o caralho! Tu é muito folgado! Vai morrer agora!", foram as últimas palavras do débil, antes de ir para cima do pescoço do meu pai com uma faca enorme, ainda com escamas da última tainha limpa.

A única coisa que deu tempo de seu Israel fazer foi desviar um pouco da faca, que, devido ao seu reflexo, em vez da jugular mirada pegou sua bochecha. Por causa desse corte, usou barba até o fim da vida.

Imediatamente o palhaço viu a merda que fez e tentou pedir desculpas. Falou sozinho.

Logo depois houve uma reunião com meu pai, um fiscal, o segurança da feira e a esposa do Carioca, para decidirem o que deveria ser feito após o acontecido.

Ficou acertado que Carioca teria um mês para arrendar ou vender sua banca. Enquanto isso, o trabalho ficaria sob responsabilidade de sua esposa e ele não poderia nem pensar em voltar à ativa, do contrário teria punição mais severa e brutal.

Tudo resolvido. O que acontece na feira morre na feira, sem interferência de polícia, nada.

E está bom assim.

O duelo do rabo de galo

Osasco não tem direito à propaganda eleitoral gratuita na televisão, e a campanha tanto para vereador quanto para prefeito era feita na rua, na raça.

E onde havia maior concentração de pessoas? Nas feiras livres, evidentemente.

Lembro, por exemplo, da modestíssima campanha de um candidato que hoje é cacique do PT. Ele chegava às bancas com uns santinhos que pareciam roubados de missa de sétimo dia, dizendo: "Eu mesmo faço minha campanha, não temos dinheiro algum...".

Outro, com sobrenome de concessionária automotiva, era metido a galã. As senhorinhas simplesmente piravam naquele senhor de cabelos grisalhos e voz de locutor de rádio.

Nós, feirantes, ganhávamos tudo quanto é tipo de presente de todos os candidatos. De garrafa de uísque a bola de capotão para as crianças. O curioso é que 90% de nós votavam em outras cidades, mas guardávamos essa informação como segredo de Estado.

Nas três ou quatro eleições que acompanhei, os candidatos eram basicamente os mesmos. Mas o mais divertido de todos sem dúvida era o mais velho. Figura folclórica, sempre visivelmente embriagado, parecia mais um cruzamento de Vicente Matheus com Juvenal Juvêncio.

Me adorava, o velho. Entrava na banca como se fosse íntimo, dava em todos aquele tapinha nas costas que só os políticos mais canastrões deveriam ter licença para dar e, às vezes, até vendia uns frangos. Bom vendedor, ele.

Tremendo cachaceiro, parecia conhecer todos os botecos da cidade. Era respeitado pelos feirantes porque "bebia de verdade, fingia não". E pagava cachaça pra todo mundo.

Até que surgiu uma figura vinte anos mais nova, um médico. Ficava doutorando à toa para qualquer um que aparecesse na sua frente. Picaretagem pesada.

Não demorou muito para ele descobrir o filão dos cachaceiros da feira. Tentou a aproximação com os feirantes com o mesmo método de pagar cachaça no boteco. Mas a estratégia não colou. Estava muito na cara a farsa que ele era. Ébrio de respeito não usa camisa passadíssima, e cheira a álcool, não a perfumaria francesa.

O encontro entre os dois era inevitável, questão de tempo. E ocorreu numa quarta-feira chuvosa, no boteco do Bigode, na rua da feira de quarta, do Jardim Piratininga.

O velho profissional sabia que chuva em dia de feira é sinônimo de boteco lotado e estava lá, chapando o coco desde as nove da manhã.

Lá pelas onze chegou o dotô, todo limpinho, rodeado de assessores, candidatos a vereador e a corja de puxa-sacos em geral.

Ao ver o velho, foi ao encontro dele e lhe deu aquele abraço de tamanduá. Prontamente retribuído, para desgosto dos bebuns presentes. Político é uma raça falsa.

Mas o velho malaco provocou o dotô, dizendo que tinha ouvido falar que ele só fingia beber, o que o outro negou com indignação, propondo um duelo de rabo de galo. Quem amarelasse pagava a conta da rapaziada, um tanto satisfeita com a situação.

Se é que alguém não sabe, rabo de galo é a versão abrasileirada do clássico *cocktail*. Nela vão, em partes iguais, a pior cachaça do pedaço e o vermute da pior procedência possível. A beberagem deve ocupar pouco mais da metade de um copo americano e ser servida sem gelo.

Bebida de graça é sinônimo de feira quase abandonada, ainda mais com a maldita chuva. Se alguém quisesse, saquearia todas as barracas, de cabo a rabo. Boteco bombando como nunca vi antes, nem depois. Bigode feliz da vida.

A deprimente realidade é que o dotô foi mais nervosinho do que devia ao topar a parada. Após apenas quatro rodadas, já estava todo estrebuchado no corner, com seus micos adestrados lhe dando aguinha. Humilhação geral e irrestrita.

O velho malaco comemorava gritando que crescera em botequim, que aquilo era "ambiente para os fortes! Para os fortes!". E ainda fez questão olímpica de pagar a conta toda da vagabundagem. A equipe do dotô se retirou do recinto rapidamente, todos de cabeça baixa.

Infelizmente, o candidato mais jovem venceu a eleição, com seu discurso collorido.

Mas o velho ainda pode ser visto pelos botecos mais imundos da cidade, e ainda possui tolerância alcoólica profissional. Se tiver a sorte de encontrá-lo, peça para ele te contar sobre o histórico Duelo do Rabo de Galo. Garanto que sua versão tem mais detalhes e é bem melhor que a minha, pois dá nomes aos bois.

Seu Paraná

Toda madrugada, nos entrepostos frigoríficos, dezenas de cachaceiros dão uma força no carregamento do dia dos bucheiros. Com sorte, na falta de alguém de alguma equipe, conseguem um extra com um feirante qualquer.

Quando apareceu esse homem corpulento, de uns cinquenta anos, a primeira coisa que me chamou a atenção foi sua vestimenta, composta de camisa de alfaiataria e calça de linho, que contrastava com suas botas sete léguas. Um chapéu de boiadeiro completava a alegoria.

Quando me cumprimentou com breve aceno, joguei um saco de sarapatel, mirando o peito dele. Não é que o cabra conseguiu segurar o volume sem se sujar?

Contratado, pelo menos por um dia.

Explico: feirante tem fama de porco e ladrão. De forma que boa aparência importa, sim. Depois até levei essa obsessão por limpeza para os anos de cozinha que se seguiram. Lidar com alimentação é mexer com saúde pública. E não basta ser limpo, tem que parecer limpo.

No caso dos feirantes, o trabalho era maior, já que grande parte dos parceiros era do tipo que não fazia a menor questão de escovar os dentes ou lavar as mãos. Daí a pedir para usar avental limpo e passado era um longo caminho.

Por isso levei seu Paraná por um dia, pelo menos. Se fosse um pouco jeitoso, seu estilo de asseio pessoal daria certo equilíbrio à nossa equipe de feios, sujos e malvados. Além de bem-apessoado, o sujeito demonstrou outros predicados admiráveis, como o total domínio de cutelaria (andava com um facão na cintura, confeccionado por ele mesmo) e a melhor prosa.

Se inspirado, tocava moda de viola caipira para nós após o expediente, enquanto enchíamos a lata.

Foi inevitável perguntar o que um homem como seu Paraná fazia no meio de nossa ralé. Aquilo não era ambiente para ele.

O resumo da história é que ele era homem de confiança de um fazendeiro, no interior do Paraná. Até que, numa bela tarde, viu o patrão se atracando com sua filha de dezesseis anos. Agiu instintivamente, dando três facadas no bucho do safado.

Ao ver o homem todo ensanguentado, estirado no chão, se assustou, retirou a grana que guardava embaixo do colchão, deu metade para a filha, pegou a outra metade e se escafedeu dali. Vivia de pequenos bicos. Do dinheiro que entrava ele mandava metade pra pimpolha, e gastava o restante com suas coisas.

Justo.

Fechei com ele os sábados e os domingos, dias disponíveis em sua agenda. No restante do tempo, fazia bicos numa camisaria na Vila Pompeia (onde ganhava suas boas roupas) e em um restaurante suspeito na Doze de Outubro, e também cuidava da banca de jornal do seu Osmar aos sábados, na rua Carlos Weber. Ocupada, a figura.

Na feira de sábado, no Jardim Califórnia, o bucheiro concorrente era um puta de um português folgado, que nunca tomava banho. Só a mera lembrança de seu odor me desperta enorme engulho.

Mas o problema maior não era esse, não. O portuga era inconveniente e fazia brincadeiras sem graça, como passar por baixo do balcão da própria banca e roubar bananas de sua freguesa, enquanto a coitada comprava frango. Ninguém ria.

Seu Paraná odiava o cara. Respondia ao seu bom-dia com um indefectível grunhido qualquer.

Até que houve um dia em que o velho abusou do mau gosto. Novamente passou embaixo do balcão de sua banca (mas que mania idiota!) e botou as mãos imundas entre as pernas da filha adolescente de uma freguesa.

Todos na minha barraca e também no peixeiro do outro lado vimos a cena. Na hora ficamos enojados, sem ação. A coitada da menina deve tratar do episódio em consultório de terapia até hoje, creio. Isso se não tiver se matado.

Eu e o peixeiro nos reunimos, cada um com um funcionário, para decidir o que deveria ser feito. Levei o Bruno, garoto mais calmo. Seu Paraná estava muito nervoso para ajudar em qualquer julgamento mais equilibrado.

Ficou decidido que o próprio peixeiro daria um belo cacete nele, daqueles de marcar o corpo inteiro — especialmente o rosto, para acabar com seu moral —, e que isso faria o velho pensar duas vezes antes de repetir ato tão condenável.

De fato, o cacete foi feio. Desfigurou o rosto do portuga safado e o deixou coxo pro resto da vida. Quase senti pena dele.

Quase.

Mas seu Paraná estava inconformado, considerou a pena levíssima diante do ocorrido. Tentei lhe explicar que a partir de então ficaríamos mais espertos e que, se ele aprontasse de novo, a pena seria bem mais pesada, para ficar tranquilo, enfim...

Tem gente que não aguenta ver injustiça. Seu Paraná descobriu o endereço do português, no Parque Continental, arrombou a porta, praticamente quebrou tudo o que havia na casa, roubou a féria do dia e ainda deu uma facada no fígado dele, "pra aprender".

Me ligou de madrugada, da rodoviária, agradeceu a oportunidade, mas explicou que não daria pra ficar mais na cidade, não, porque finalmente a justiça tinha sido feita. Nunca mais o vi.

Faz falta, o seu Paraná.

Delícia Real

No fim do século passado, as panificadoras já tinham se transformado em padarias e estavam a caminho de serem chamadas mediocremente de padocas, mas pelo menos ainda não haviam entrado no processo de extinção que veio com o novo século.

Bucheiros passaram bons momentos naqueles balcões fiéis, que muitas vezes os acompanhavam do primeiro rabo de galo do dia até aquela murcha fatia de pizza de fim de tarde que abraça a alma.

Paulistano tem mania de adotar comércio que vende comida. Todos têm *seu* restaurante italiano, *seu* mercado e até *sua* banca de frango. Eu tinha *minha* padaria, a Delícia Real, localizada no meio da rua Schilling, bem na divisa entre a Vila Leopoldina e a Vila Hamburguesa.

É que era lá que eu ia com meu pai nas noites de sábado, para buscar pizza. O mais legal era a espera, enquanto o velho matava uns Camparis e eu comia quanto de chocolate aguentasse.

Claro que havia outras coisas, como um puta chapeiro que punha a quantidade exata de manteiga para o pão na chapa não encharcar nem ficar seco, além do misto-quente perfeito, com fatias de presunto e queijo entremeadas, transformando o sanduíche numa coisa só, coerente e deliciosa.

Frango de padaria? Tinha, sim, senhor! Dos bons. E barato, claro. Lembre-se de que estamos ainda no século passado, onde felizmente não glamorizavam comidas simples para cobrar mais. Os radicais podem chamar esse tempo de Era Pré-Burger Gourmet. Mas prefiro deixar isso a seu critério.

De maneira que, quando o portuga dono da espelunca perguntou se eu teria condições de entregar lá 250 frangos de 1,5 quilo toda quinta-feira, para ele vender no fim de semana, respondi afirmativamente, e acrescentei que seria uma satisfação pessoal servi-lo.

Como a padaria era na Vila, nosso esquema era o seguinte: voltávamos da feira à tarde, descarregávamos a sobra no entreposto e escolhíamos 250 frangos com a média de 1,5 quilo cada um, para levar em seguida ao seu Portuga.

E por lá ficávamos até umas oito horas, bebendo como gauleses. No final a conta era tão alta que acho que nunca lucrei um tostão com essas entregas. Mas valeu por ajudar a economia local, com bons produtos, coisa e tal.

Pena que um câncer de pulmão tenha levado seu Portuga precocemente, com apenas 58 anos. Como costuma acontecer, seus filhos não tocaram o comércio com o devido carinho, e ele fechou em menos de um ano, após a morte do velho.

Restou só uma saudade danada da padaria.

O samba do Estoril

Desde bem criança adoro cinema. Minhas primeiras lembranças são da minha mãe me levando ao Shopping Center Lapa, para ver o novo filme dos Trapalhões, seguido do cachorro-quente do seu Ângelo, dogueiro que ainda trabalha ali na rua, desde 1962.

Quando entrava em cartaz um filme melhorzinho, como *E. T.*, o programa já era especial. Meus pais vestiam suas melhores roupas, me empacotavam e íamos ao Cine Comodoro, seguido de gostoso pastel numa pastelaria da São João, ou caminhávamos até o Dinho's, no Arouche, já que, segundo meu pai, "pastel é na feira, pô!".

Quando comecei a sair sozinho, cinema sempre foi programa de prioridade máxima, de preferência no centro. Adorava o Cine Metro e o majestoso Cine Marabá. O jantar costumava ser na Casa da Mortadela ou em sua saudosa concorrente do outro lado da rua, a Casa da Calabresa. Sanduíches bem montados, saborosos e equilibrados. Nem se deve compará-los com aquela coisa imordível, de péssimo gosto, do Bar do Mané, no Mercadão municipal, essa eterna macumba pra turista.

Com o tempo, os cinemas foram dando lugar a bingos e igrejas evangélicas, e os botecos e restaurantes foram fechando. Poucos se salvaram.

Hoje as salas de cinema meio que acompanham o bem-comportado processo de jecalização pelo qual passam o homem e a cidade. A ponto de a imensa maioria se localizar nos tais shoppings que me tiram o bom humor, que já anda meio em falta por aqui. Se bem que, se considerarmos o nível comercial da programação dos filmes atuais, até que as salas estão em local apropriado.

Sou ranzinza? Talvez, mas confesso que até simpatizo com essa parte minha mais mal-humorada. Se me virem saindo da sessão do mais novo filme da Julia Roberts, podem me internar. Mulher nenhuma vale o sacrifício.

Mas o que a feira e os bucheiros têm a ver com isso?

É que no sábado armávamos nossa banca num dos ditos bairros mais nobres de Osasco, a Bela Vista, perto do centro e do único cinema decente da cidade, o Cine Estoril.

Embora já tenha pego a decadência das salas nos anos 1990, sempre que havia algo assistível eu dava um jeito de prestigiar o local, tenho essa mania. Acho que é o mínimo a ser feito. Lembro bem dos protestos perante o fechamento do Belas Artes e me perguntei, na época, quantos daqueles revoltadinhos realmente frequentavam o cinema.

Claro que a situação do Cine Estoril foi de mal a pior, até seu previsível fechamento, seguindo o exemplo dos cines do centro paulistano. Questão de tempo para um pastor fincar a cruz de sua igreja na tela.

Se tem algo que entristece meu coração é quando um lugar histórico é jogado às traças, coisa que tanto acontece por aqui, mas até que fiquei razoavelmente feliz quando soube que o tradicional cinema havia se transformado em casa de shows.

Embora não fosse o ideal, mil vezes melhor que bingo ou casa do senhor.

No geral, além de Roberto Carlos e Odair José, bucheiro é chegado num samba, e, quando soube que o grande Benito di Paula se apresentaria na espelunca, logo corri para garantir os tickets da minha brigada, e mais uns dez para pronta distribuição entre os feirantes de boa vontade.

Samba no piano com um pezinho no brega = programão do ano para os bucheiros.

Na noite do concerto não havia público, falar em testemunhas me parece mais adequado. Menos gente que arquibancada de Portuguesa × xv de Piracicaba.

Dos vinte que ganharam os ingressos que comprei, somente dez compareceram. E, além da turma dos bucheiros, havia apenas mais uma mesa, de senhorinhas com cara de quem acompanha o artista desde sempre.

O baldinho de cerveja ordinária harmonizava com a batata chips murcha safrada de 1932 na mesa, debaixo da qual baratas desfilavam.

Eis que o artista entra no palco e dá seu show ao piano, com um profissionalismo bonito de ver. Parecia se apresentar para sua maior e melhor plateia. Enquanto as senhorinhas choravam de emoção, os bebuns de plantão aplaudiam cada música, como se fossem os maiores fãs do bardo.

Após o final apoteótico com o clássico "Retalhos de cetim", ovacionamos o artista. E logo fomos embora em respeitoso silêncio. Nossa parte estava feita.

Uma ou duas semanas depois, o local foi transformado em outra sonolenta igreja. Outra batalha perdida.

Na cabeça de poucos e bons ficou a lembrança de uma noite memorável, histórica.

Jardim Roberto

Feira dominical de excelente movimento, num dos bairros mais modestos que conheço, em Osasco, numa minúscula rua logo depois da penitenciária da Vila Pestana. Aliás, feirantes preferem lugares simples, sem madame mendigando desconto. Pobre gosta é de fartura, e o pequeno comerciante agradece.

Concorrência pouco confortável era a granja que ficava bem atrás da nossa banca.

O povo perguntava por que lá era mais barato, e tínhamos que explicar com paciência de Jó que na granja a galinha vinha viva, com pena e tudo. E que, descontado o peso da perda, nosso produto saía bem mais em conta. Fato é que eu fodia o movimento da granja no principal dia da semana, e era devidamente odiado por isso. Mas que diabos podia fazer?

Numa manhã qualquer, lá pelas dez horas, pico do movimento, o dono da granja apareceu atrás do nosso caminhão 608D e furtou duas caixas, com quinze frangos cada uma, na maior patifaria. Fez o gatuno.

Para cada freguês que entrava no chiqueiro em formato de granja e comprava qualquer porcaria, o larápio dava um frango meu, só na maldade.

Filho de uma égua.

Além de tudo, minha mercadoria contada acabou obviamente antes da hora, e deixei de atender a freguesia que acordava mais tarde.

Se não tomasse uma atitude rápido, eu deixaria de ser respeitado pela rapaziada, mas preferi esperar pela semana seguinte, para arquitetar a vingança com a devida calma.

No domingo seguinte, peguei dois papelotes de farinha com o bananeiro traficante (sua barraca não passava de fachada, ele ganhava dinheiro mesmo era traficando para os próprios feirantes; aliás, apenas para eles).

Lá pelas seis e meia, enquanto estendíamos a lona da barraca, dei os dois sacolés para Fernandinho, que trabalhava comigo, e era mais louco que Lobão e Arnaldo Batista juntos.

Às oito e meia ele caminhou cafungando até a granja e abriu todas as gaiolas. Um monte de galinha espalhada no meio da feira, com o dono tentando resgatá-las, pateticamente, como num desenho animado.

Nunca mais mexeu comigo, ele.

E a bela imagem das galinhas em fuga permanece em minha memória desde sempre.

Tem que dar certo

Foi na feira de domingo do suburbano bairro do Jardim Santo Antônio que meu pai ganhou uma pequena fortuna, durante o Plano Cruzado.

Enquanto o presidente, aos brados de "tem que dar certo", intimava as "fiscais do Sarney" a vigiar o patético congelamento dos preços dos alimentos, as prateleiras dos supermercados pareciam ter sido saqueadas de tão vazias que estavam, comprometendo muito o abastecimento os lares de "brasileiras e brasileiros".

Acontece que meu pai era atacadista e mercadoria não faltava para ele. Tinha ouro em mãos, e poderia vender pelo preço que quisesse para os colegas bucheiros.

Mas ele me ensinou que dinheiro nunca deve ser a meta, e sim consequência de um bom trabalho.

Se você pode fazer mais, por que não fazer?

Com esse pensamento, ele vendia uma pequena quantidade aos colegas bucheiros, que não podiam ficar na mão, e aos domingos descarregava um Mercedão 1318 de frango e miúdos naquele pequeno bairro, em Osasco.

Vendia tudo pelo tal preço de tabela, sem ágio nem porra nenhuma. O que contrariou o dono do ridículo mercadinho da rua, que ficava a ver navios nos domingões. (Tudo bem que meu pai não deixava por menos, pedindo ironicamente pro senhor "dar uma forcinha, já que nem tem nada pra vender mesmo!".) Chegávamos por volta das cinco da matina e já havia uma fila de umas quarenta pessoas nos esperando. Parecia cena de filme de guerra. Impressionante e inesquecível, pelo menos para mim. Mal dava tempo de montar a barraca e era necessário o reforço dos dois seguranças da feira, para não dar confusão.

Lá pelas dez da manhã o serviço já tinha acabado, e meu pai pagava a justíssima cerveja para a gloriosa brigada, no boteco em frente.

Dinheiro de bucheiro é dobrado no elástico e guardado no bolso, e ai de quem tentar mexer nele. Mas, como o volume dessas férias dominicais era absurdo, a maior parte repousava num saco, atrás do banco do caminhão. Num saco mesmo, era tanto dinheiro que nem dava tempo de contar.

Lá pelo terceiro domingo de operação, ao chegar em casa o velho deu por falta do saco. Tinha sido covardemente roubado.

No dia seguinte, não tinha dinheiro para pagar os frigoríficos fornecedores. Pediu então para fazê-lo na semana seguinte e para continuarem vendendo para ele. Apesar de a cidade inteira querer comprar até por mais, como o velho nunca tinha atrasado um pagamento, deram-lhe esse imenso crédito. Só que, se não conseguisse cumprir com o compromisso, poderia decretar falência.

Bem ao lado da feira do Jardim Santo Antônio existia a feira do rolo, onde se podia comprar ou fazer rolo com todo tipo de mercadoria roubada, de cano a carro, passando por toca-fitas. Tudo na maior tranquilidade. Malandragem organizada, nunca vi confusão alguma por ali. Polícia? Passava lá só para pegar o seu. PM saía da feira todo pimpão com videogame importado que nunca conseguiria comprar com seu salario miserável. A relação com os feirantes oficiais era a melhor possível, já que uma feira trazia mais movimento à outra.

No domingo seguinte, após a montagem da barraca, por volta das sete, meu pai foi à feira do rolo falar com Bolão, espécie de chefe da bagunça de lá. Explicou o acontecido e perguntou se ele sabia de algo.

O outro respondeu que tinha ouvido alguma coisa, sim, e lhe disse que voltasse para a banca sossegado, que ele iria à cervejada do fim de feira, no boteco, com uma solução. Completou dizendo que inclusive já vinha cuidando do caso, pois meu pai era firmeza, não tinha que passar por isso, não.

Como palavra de malandro tem valor, às dez horas em ponto Bolão se apresentou para a cervejada.

Depois de umas oito rodadas, chamou meu pai de canto e juntos foram ao ridículo mercadinho do portuga, que devolveu o dinheiro, mais 20% de multa pelo problema causado.

Bolão perguntou se o velho queria que o portuga vazasse, mas meu pai respondeu que não, que deixasse o coitado trabalhar.

Bolão, um tanto contrariado, disse ao portuga que, se aprontasse mais uma, "num tem perdão, não, é daqui pro cemitério".

Do dinheiro, meu pai tirou 10%, calculado com a mão, e deu ao chefão da feira do rolo. Esse era o valor base de comissão para alguém que recuperasse uma grana roubada ou com dificuldade de recebimento.

O malandro recusou, justificando que sabia o que meu pai fazia pela comunidade, cobrando os preços de tabela e tudo, e acrescentou que o velho podia contar com ele para o que desse e viesse, que poderia considerá-lo um parceiro.

Na feira, em caso de roubo, é mais eficiente pedir ajuda para malandro que para a polícia.

O churrasco

Bucheiro não gosta de fanfarrão. Foi nessa época que peguei bronca de entusiastas que despejam sua carência em cima de um grupo qualquer, na patética tentativa de se enturmar.

Havia também aqueles que mal conhecíamos, mas que contavam histórias, tentavam tirar alguma vantagem com a mulherada da Vila, uns desocupados.

E os picaretas, esses onipresentes...

Um, em especial, irritava o povo.

Perueiro qualquer, mudou de ramo, abrindo um restaurante, onde dizia que ninguém conhecia carne como ele, mesmo sem ninguém lhe perguntar.

Certo dia, apareceu em capa de revista de segunda, se autoproclamando o inventor da fraldinha, velho corte bovino preferido dos churrascos dos bucheiros. Pois bem, aí já era demais.

Uma atitude deveria ser tomada, já que o cidadão em questão ultrapassara todos os limites da decência, essa que ele demonstrou mal conhecer, na verdade.

140

O infantil plano de vingança elaborado consistia em chamar o palerma para um churrasco e tirar satisfações dele, que obviamente devia desculpas para nós por se comportar dessa maneira ridícula, queimando o filme do mercador da carne. Se as desculpas fossem convincentes, era provável que o deixássemos ir embora, na moral. Há certa dignidade em admitir a cagada. Caso contrário, ficou decidido entre o conselho dos bucheiros mais velhos que ele iria era apanhar legal, com porrada no rim pra machucar o corpo e na cara pra ferir o moral. Enfim, a conta deveria ser paga. Não dava para simplesmente deixar quieto.

Marcamos a bagaça para um domingo à noite, na casa do Bertinho, na rua Nanuque. Sua própria esposa, d. Líria, ligou para o sujeito, para chamá-lo e confirmar sua presença.

Os domingos à noite costumavam ser sem lei mesmo, já que segunda-feira é folga oficial de bucheiro. O maior problema seria segurar o ânimo dos cavalheiros, que inevitavelmente estariam mais loucos que Syd Barrett na hora do churrasco.

A combinação entre álcool, drogas, armas brancas e armas de fogo poderia dar merda, dependendo da situação. Então decidimos que pelo menos as armas de fogo deveriam ser deixadas na entrada, para que o risco do homicídio fosse menor.

Foi aí que dancei, praticamente perdi a festa.

Na condição de bucheiro mais novo, dos poucos que não usavam substâncias ilícitas para a devida alteração de consciência, fui escalado para ficar na entrada, sentado numa cadeira de plástico, recolhendo as armas e colocando-as numa caixa plástica, prometendo entrega na saída.

Puta saco.

Além disso, era tarefa difícil de ser cumprida. Bucheiro mais velho não gosta de escutar moleque, não.

Por sorte, um dos primeiros a chegar foi meu pai, que logo tirou a quarenta e cinco da cintura e o trinta e dois do tornozelo para me entregar, sem frescuras. A partir daí todos fizeram o mesmo. Combinado é combinado.

E deu-se a farra de sempre: música brega na vitrola, brigas básicas, jogatina, farinha, maconha e muito álcool. Além da tal fraldinha, carne escolhida para ser a oficial do churrasco, por razões óbvias.

O convidado principal?

Não apareceu, nem ligou, nada. Além de tudo, provou ter uma falta de educação difícil de ser vista entre os membros desse grupo.

Deve ter marcado uma entrevista qualquer, para contar mais umas mentiras, na noite do churrasco.

A partir daí decidimos simplesmente ignorá-lo, perdoamos a dívida que ele até hoje não deve saber que tinha conosco.

Rubão

Já falei aqui o que acho dos fiscais de feira. Mas fato é que, muito a contragosto, tínhamos que lidar com isso, por mera questão de sobrevivência.

Embora a matrícula do feirante seja uma concessão pública, existe sua comercialização, apesar do que manda a lei. Muita matrícula de feira é vendida por preço mais alto que o de um bom apartamento em bairro nobre.

A boa convivência com o fiscal faz com que a venda possa ser realizada sob sua vista e também que o comprador seja o novo refém do figura.

Isso mais a comissão do honorável funcionário público, claro. Dependendo do município, o fiscal tem influência para "abrir" mais matrículas, comercializando-as desde o começo, "pras crianças comerem peru no Natal, né?".

Óbvio que há gente honesta e que corrupto é raça universal, presente em todas as atividades, mas é possível que, em se tratando de fiscais, essa proporção seja um tanto desequilibrada.

Problema maior é quando neguinho abusa da autoridade, se transformando numa espécie de filhote de Stálin, oprimindo o pobre-diabo do trabalhador.

A relação com Rubão já começou de maneira corrupta, lá no varejão de Cotia, que acontece sempre aos domingos. Robertão, bucheiro das antigas cujo nome verdadeiro não sei até hoje, mas que era chamado dessa maneira por ter uma perna mecânica, era dono da única barraca de bucho do varejão, e soube que o fiscal corrupto iria "abrir concorrência" pra mais uma, bem ao seu lado.

Temendo que algum marreteiro desleal da zona leste (os bucheiros da zl são conhecidos na Lapa por venderem mercadoria por preço muito abaixo do razoável, daí o carinhoso apelido) conseguisse a vaga, Robertão, que me tinha quase como um afilhado, me levou pra aliciar o fiscal.

Se é para ter concorrência, que seja leal, entre amigos, assim pensávamos.

Careca, bem gordo, dono de imponente barba ruiva e poderoso bafo de conhaque vagabundo, Rubão mais parecia um figurante de *Piratas do Caribe*, ainda mais se considerarmos sua ridícula camiseta regata e o grosseiro brinco de argola, localizado em sua orelha esquerda.

Ambos já sabíamos o valor a ser acertado e a negociação foi rápida.

A partir de nosso aperto de mãos, o trambolho da filha do Rubão poderia ser considerada a feliz proprietária de um carro mil cilindradas zero-quilômetro, cuja responsabilidade pelo pagamento das salgadas parcelas era desta múmia que vos escreve.

Para o Robertão, feliz da vida com o mal menor de um concorrente leal, bastou uma garrafa do bom escocês para celebrarmos a parceria. Embora o negócio, a princípio, seja bom pra todos, é absolutamente lamentável que existam atravessadores num serviço público.

No final, quem paga por isso é o consumidor final. Paga literalmente, aliás, já que o preço varejista do produto aumenta a cada atravessador no caminho.

No começo, o negócio superou todas as expectativas, com excelente movimento comercial, sem afetar o Robertão, inclusive.

Meu único problema era a volta da feira.

Explico: o varejão ocorria aos domingos, e, embora até hoje eu evite sair nas lotadas noites de sábado, acabava cedendo, para ter um mínimo de contato com os amigos. Jovem tem dessas coisas... Hoje prefiro perder uma amizade a ir a um maldito barzinho com comanda individual no sabadão.

Acontecia que, muitas vezes, eu deixava os manos carregando o caminhão e ia direto para o varejão, via Raposo Tavares, com minha potente Caravan Diplomata seis cilindradas. Ainda parava no caminho, no postinho do policial rodoviário, para dar a propina semanal devido ao péssimo estado do caminhão, que já tinha passado por lá e deixado comida pra família inteira do plantonista.

É ou não é uma adorável nação de atravessadores?

Enfim... Da chegada à simpática cidade de Cotia até a hora de ir embora, a adrenalina da feira não me deixava dormir. O problema, como adiantei, era a volta, quando o sono batia naquela rodovia de curvas sinuosas e, para ser bem sincero, não sei como não houve um acidente mais grave, envolvendo mais pessoas até. Responsabilidade pós-adolescente altamente condenável a minha. Hoje mal dirijo, nem carro tenho mais, melhor assim.

Mas, quando Rubão cresceu o olho no meu carro de passeio (aliás, que máquina!), passei a ter outro, e maior, problema.

Além de "zoiá" o carro, Rubão reparou no excelente movimento da banca e chegou sozinho à conclusão de que eu era milionário.

145

Me chamou e pediu um acerto semanal, o tal "cafezinho".

Acontece que, no acerto inicial, combinamos que até o final do pagamento do carro do trambolho da filha dele, Rubão me deixaria livre dessa taxa mafiosa, até porque do contrário eu não fecharia negócio, já que ficaria muito pesado pra mim. Tinha sido essa a minha condição.

Se para o bucheiro o que vale é o fio do bigode, para o fiscal corrupto o que vale é o peso da lei.

Rubão alegou que, se eu não fosse mais razoável, ele seria obrigado a acionar a tão temida vigilância sanitária, mas que não queria fazer isso, coisa e tal.

Enfim, eu já tinha investido uma grana, tinha mais 35 parcelas para pagar de um carro que eu nunca usaria, e o movimento do varejão realmente era muito, mas muito bom. Contra todos os meus princípios, acordei um acerto semanal com o larápio. Inclusive escondi isso do meu pai, que certamente me daria a surra dos justos, se soubesse da situação. Bucheiro não pode voltar atrás com a palavra, e ainda tenho vergonha dessa história que estou contando mais para aliviar a culpa.

Patética a tentativa, eu sei. Até porque estou bem longe de ser o mais fervoroso dos queridos católicos apostólicos romanos.

O negócio deixou de ser ótimo para ser muito bom. E deixou de ser muito bom para ser mediano, quando o filho da puta do fiscal abriu concessão para mais duas bancas de bucheiros sem nos avisar.

Bucheiros desprezíveis, que vendiam bem baratinho, mas roubavam na balança, em literal contrapeso. Não vinham da Lapa, não, óbvio.

Inferno.

A cada nova geração de feirantes, as pessoas eram menos atreladas aos valores antigos. Eu mesmo era exceção porque aprendi tudo com meu pai.

E foi aí que Rubão cometeu seu maior erro, pisando na bola, fazendo com praticamente todos os varejistas o que fizera comigo. E nem todos tinham a minha natureza passiva.

Nunca procurei saber quem foi o responsável pela execução dele, no boteco na frente da sua casa, em Vargem Grande Paulista, com inúmeros tiros, para deixar bem claro que era uma questão de justiça.

Na feira, corrupto amador tem vida curta.

Na semana seguinte, outro fiscal. Falei meia verdade para ele, contei de toda a negociação, omitindo apenas o acerto das últimas semanas.

E paguei a joça do carro de mil cilindradas do demônio órfão até o final.

Sinuca

Minha mãe é a terceira filha de uma família de onze irmãos. Sobrevivência bem humilde, podia matar galinha do quintal apenas nos fins de semana. De segunda a sexta, a base da alimentação eram restos de feira que os mais velhos mendigavam no Ceasa, aonde iam a pé desde o Jardim D'Abril, em Osasco.

Pouco depois, meu avô, que vendia doces na rua num belo carrinho azul, conseguiu comprar casa na Vila Humaitá, e a situação melhorou um pouco, especialmente depois que os filhos começaram a trampar como bucheiros, com meu pai e outros também.

Era bem divertido, depois da feira, pegar carona com um dos tios e passar a tarde na casa deles. Jogávamos bola no fim de tarde e à noitinha íamos ver desenho na velha Telefunken catorze polegadas, daquelas cujo uso de Bombril era indispensável para pegar sinal da TVS e da TV Manchete, redes extintas mas muito populares na época.

Por volta das sete da noite vovô chegava da rua, escorando-se pelas paredes da cozinha, de tão bebum, em direção ao quarto, onde era calorosamente recebido por minha avó, ainda mais ébria, com frases de efeito do tipo: "Pinto murcho! Some, pexxte!! Tava na sinuca? Sinuuuucaaaaa!!!! Sinuuuucaaaa!!! Morfético!!! Lazarento!!!". O velho ouvia, às vezes descia a mão nela, outras vezes apanhava. A única coisa que nunca mudava era a imitação feita por mim e pelos meus tios, repetíamos todas as falas da velha muito antes da existência do glorioso Barbosa, do saudoso *TV Pirata*. No que meu avô replicava imediatamente, com carinhos do tipo: "Filhos da puta! Filhos da puta! Vocês não são meus filhos! Você não é meu neto!", sempre alternando as frases com suas altas tosses tuberculosas. Óbvio que em seguida vinha nossa ensurdecedora tréplica (com direito a coro de tosses em ré maior), para total insanidade do velho sinuqueiro da Vila Humaitá. Boas tardes aquelas.

Não eram apenas meus avós que bebiam um bocadinho a mais. Meus tios também mandavam bem. Tive a quem puxar, venho de uma geração de alcoólatras ou alcoólicos, dependendo do ponto de vista.

A eleição de 1989 foi histórica para a família. Não exatamente por ser a primeira vez que escolhíamos um presidente diretamente, após os anos de chumbo. Pois, para o pobre que tem que dar seus pulos para se sustentar, pouco importa se quem está no comando é general ou metalúrgico. Especialmente naqueles tempos pré-internet, quando a principal fonte de informação do brasileiro era o *Jornal Nacional*.

Mas, se havia uma coisa que funcionava nessas eleições oitentistas, era a tal da lei seca. Não tinha boi, não. Claro que a família tinha estratégia, para não ficar a seco. Preferível a morte à abstinência.

Caixas de cerveja e mais umas bebidas quentes foram providenciadas no bar do Djalma. Para comer, fraldinha, linguiça, entre outras coisas, foram trazidas pelos bucheiros. Estoque para muito além da apuração.

O vô andava meio bronqueado por causa das brincadeiras e não participou dos preparativos.

No dia 15 de novembro de 1989, seu Nonito acordou por volta das dez horas, observou a cama vazia e logo viu que sua velha estava envolvida com o churrasco. Inclusive o cheiro do delicioso bolinho de chuva que ela preparava na cozinha exalava pela casa. Até por volta do meio-dia, por vezes ela funcionava bem, antes de ficar bêbada.

Foi ao colégio, ao lado da Alpargatas, fábrica onde já trabalhara e arrumara trampo para algumas de suas filhas, e votou no Maluf, meio a contragosto, já que seu parceiro de cachaça Jânio da Silva Quadros não era candidato dessa vez.

Ao voltar, passou no bar do Clidão, onde religiosamente tomava sua branquinha e perdia duas ou doze partidas de sinuca, mas o boteco estava fechado devido à maldita da lei seca.

Não tinha jeito. Precisaria passar pelo quintal de casa e aguentar a tiração de sarro da breacada toda enquanto se abastecia, se quisesse beber.

Devidamente saudado por todos, inclusive por sua velha, com o amor de sempre, pegou três cervejas, uma garrafa de cachaça, outra de vermute ordinário e até fez um pratinho com carne, vinagrete e farofa. Gabriel, meu primo mais novo, o ajudou a levar a tralha até a sala.

Além da Telefunken, a sala dispunha de um pequeno sofá de dois lugares, uma poltrona e uma mesinha de centro. O velho se apoderou da poltrona onde nunca tinha sentado antes, puxou a mesinha de centro e meteu seus pés 44 em cima dela, bem à vontade. Pela primeira vez, tinha a sala da casa só pra ele, sem mulher xingando nem filhos e netos abusados tirando onda da sua cara.

Duas horas depois, como o velho não tinha retornado para o previsível reabastecimento, o primo com nome de anjo foi até a sala checar a situação.

Voltou rapidão e, após muito trabalho, conseguiu reunir um pequeno comitê para ver melhor o que acontecia na sala. Na mão esquerda, sobre o braço da poltrona, o velho segurava com firmeza o copo americano com metade do volume de cerveja. A mão direita estava solta, meio que apontando para o prato no chão.

Morrera engasgado com um pedaço de carne na garganta. Apesar da segurança com a qual segurava o copo, finalmente a bebida o havia largado. Tudo bem que não é todo dia que o patriarca da família falece, a situação é bem chata, envolve um monte de coisas e tal, mas o velho tinha que morrer logo durante a lei seca?

Vai ser sangue ruim assim lá no inferno!

Sem problemas. Uma Kombi refrigerada de um dos bucheiros foi providenciada para transporte e armazenamento do álcool, e a bebedeira foi transferida para o velório no Cemitério da Lapa. Inclusive houve bebida suficiente para socorrer os convidados das duas salas vizinhas, que lamentavam outras mortes.

Profissionalismo é isso aí!

PA-NA-ME-RI-CA-NO

Não lembro ao certo quando foi que ele começou a ficar doente, mas confesso que, no começo desse processo que o levaria ao óbito, eu e os mais chegados até que achávamos certa graça nas cinematográficas fugas hospitalares do velho — que não gostava de ser internado.

Com o tempo a diversão se transformou em angústia e hoje o que sobrou foi apenas peso na consciência. Realmente tenho a impressão de que, se tivéssemos nos dedicado um pouco mais à sua saúde, ele teria durado pelo menos mais um pouco. Infelizmente, nos idos de 1997 ele já estava proibido de pisar em boa parte dos hospitais paulistanos, Incor inclusive. Histórias sobre suas fugas é o que mais tenho, só isso daria um livro que nunca escreverei, pois do contrário certamente me tornaria um ser ainda mais melancólico, o que seria pouco saudável para os pugs à minha volta.

Mas uma história, em especial, compartilharei nas letras a seguir, para efeito de registro.

Logo ele, que os amigos classificavam poucos anos antes como "forte como um touro", estava magrinho de dar dó. Já tinha perdido uns quarenta quilos, e ainda perderia mais nos meses seguintes, até chegar aos 36 com que foi enterrado, precisando inclusive de enchimento no fundo do caixão para o histórico velório que se transformou em evento e que contarei logo mais, talvez no próximo capítulo destas memórias que logo se encerram, assim como a minha e a sua vida.

Seu Israel, magro e fraco, mal aguentava subir a escada que dava em seu imponente escritório, com mais armas "muquiadas" que a sala do delegado mais próximo, certamente. Ao chegar, fechava a porta com cuidado e descansava um pouco em sua mesa para recuperar o fôlego.

E coitado de quem oferecesse algum tipo de ajuda. Sua reação imediata era amaldiçoar até a quinta geração da família do intrometido. De maneira que eu observava tudo, mas ficava passivo, bem na minha.

Naquela manhã, umas duas horas após ter chegado, por volta das dez e meia, abriu a porta do escritório e me comunicou que ia "medir a pressão". Desceu a escada devagar e foi ao estacionamento, em direção ao seu possante e negro Opala Diplomata 92 seis canecos.

Saiu rasgando. Nem no fim da vida perdeu o hábito de correr alucinadamente com seus carros. Aliás, aprendi a dirigir com ele e o tenho como o melhor professor possível. Na adolescência, jamais perdi um dos rachas de que participava nas Marginais, naquele tempo politicamente incorreto que um dia há de voltar.

Fui ao seu escritório, adiantei um pouco o serviço, fiz umas cobranças e esperei o inevitável telefonema, que era questão de tempo até acontecer.

"Alô? É o Julio Cesar?", perguntou a quase trêmula voz feminina do outro lado da linha, aparentando insegurança e despreparo psicológico pelo seu tom meio que de sussurro.

153

"Sim, sou eu", respondi de maneira seca, mas educada. Já suspeitava o que ouviria a seguir.

"Sabe o que é?", perguntou a cada vez mais inábil interlocutora.

"Não, não sei o que é."

"É que aqui é do Hospital Panamericano e as notícias infelizmente não são as melhores. Seu pai deu entrada pelo PS, está na enfermaria e precisamos de alguém para assinar sua internação. Ele chegou infartado."

"O.k., obrigado por ligar. Estou a caminho."

Terceiro infarto em poucos meses. Puta que pariu. Inevitável não sentir o tal do cheiro fétido da morte desse jeito.

Calmamente peguei meu fusca 86, de patéticos faróis Fafá (impressionante como os faróis anteriores são mais bonitos, a maldita década de 80 foi cruel até com os fusquinhas), e dirigi até o hospital, com certa serenidade na medida do possível. Afinal não era a primeira vez que lidava com esse tipo de situação.

"Calma, garoto! Seu pai já foi internado, e todas as providências urgentes foram tomadas. Ele se encontra fora de risco, por enquanto. Só precisamos que assine uns papéis aqui. Nossa! Como ele é simpático, não?", assim fui recepcionado pela robusta enfermeira-chefe, cujos fartos seios imploravam por liberdade dentro do justíssimo jaleco azul que ela usava.

"O.k., tudo bem. Obrigado. Estou calmo. Onde assino? E escute... Posso conversar contigo um instante?", perguntei, tentando impor um ritmo mais lento à conversa. Não tenho vocação para corredor.

"Pode, claro. O doutor está um pouco ocupado mas eu e o hospital estamos à sua inteira disposição."

"Pois então... É que não é a sua primeira internação, ele tem um histórico de fugas. Só quero pedir para que tome cuidado especial para isso não ocorrer novamente. O elemento é perigoso", concluí, com grosseiro clichê policial.

Se tivesse feito uma piada de salão, sugerindo que a mulher nunca pulasse corda, pois o risco de ficar com os olhos roxos seria alto, acho que ela não ficaria tão ofendida quanto ficou com meu pedido, que até hoje nem considero tão absurdo assim.

"Escuta aqui, garoto. Tá vendo aquela placa lá em cima? Você não está em qualquer lugar! Aqui é o Hospital Panamericano! PA-NA-ME-RI-CA-NO! Em quarenta anos de atividade, nunca, jamais um paciente fugiu!", berrou toda vermelha a enfermeira de peito em riste.

Voltei aos papéis e não falei mais nada. Meu recado já estava dado e eu não iniciaria uma discussão. Em seguida, recuperada do chilique, a enfermeira com peitos maiores que os faróis Fafá do meu fusca pediu que eu aguardasse um instante.

Voltou pouco tempo depois, toda triunfante, com um saco na mão, contando vantagem:

"Ó, por segurança, taqui as roupas dele, pode levar! Quero ver agora como é que ele foge sem roupa! Se bem que DU-VI-DO que ele tente alguma coisa nesse sentido. Nossa, mas ele é simpático mesmo! Nem parece seu pai!"

"Olha, no seu lugar eu suspeitaria dessa simpatia dele, tão autêntica quanto uma nota de quinze reais. Eu o conheço um pouco melhor que você. É meu pai, lembra-se? Ele é xavequeiro!", assim alertei, novamente.

"HOS-PI-TAL PA-NA-ME-RI-CA-NO!", ela encerrou a conversa, histérica, quase arrebentando a alça do sutiã modelo porta-navio.

Senti que era chegada a hora de minha retirada, de um recuo estratégico, e voltei ao entreposto frigorífico, para cuidar de uns assuntos pendentes, já que sabia que esse era o desejo do meu pai, nem precisaria consultá-lo para isso. Me programei para voltar às cinco da tarde, hora de visita.

No quarto, sentado, com a impaciência de sempre que aliás herdei dele, ele vê surgir por trás da parede verde-oliva-óbito um sujeito de vinte e poucos anos, trajado com bermuda florida e ridícula camiseta regata.

"Perdeu a perna, fio?", assim puxou papo o barba.

"É, cara! Tubarão comeu! Tive que amputar! Agora tô aqui de molho, né?", respondeu o surfista, com uma alegria tirada não se sabe de onde.

"Então, rapaz... Meu filho me internou, e eu tô só com um probleminha de pressão. Precisava sair daqui agora, porque a empresa não funciona sem mim, não. Aliás, muito prazer, garoto. Sou o Israel. Sinto muito por sua perna!", começou o xaveco.

"Desculpa, mas que filho o senhor tem, hein?", caiu como um ganso o agora revoltadinho surfista.

"É, essas merdas que a gente faz na vida! Vou te falar... Maldita hora em gozei dentro, viu? Hahahaha!", piadas nunca foram o forte da minha família.

"Pode crer, velho! Putz... E nós aqui! Se eu tivesse um modo de te ajudar..."

"Na verdade, pensei agora num jeito de você me ajudar! Olha só, por que não me empresta sua roupa? Você não vai fugir daí mesmo!" Realmente, humor refinado não era o forte do bucheiro.

"Pra você fugir? Sei não... Não é melhor chamar a enfermeira e conversar com ela?"

"Nãããão... Vamos deixar ela em paz. O negócio é o seguinte: você faz churrasco? Gosta de picanha? É que eu tenho um entreposto frigorífico lá na Vila Hamburguesa, na rua Paulo Franco, 113. Vou anotar aqui o endereço procê, fio. Me empresta a roupa, depois passa lá, pega ela de volta passadinha e mais uma carne pra você. Combinado?"

"Tem uma linguicinha também?", contranegociou o ex-surfista. Realmente a estupidez humana não conhece limites.

"Claaaaro, fio!", enquanto despia o garoto.

E fim de papo.

Logo ao sair do quarto, com a roupa patética do gênio juvenil, viu marcando touca, no desabitado balcão da enfermaria, um longo jaleco branco de médico, logo furtado e vestido. No elevador, a enfermeira gatinha ainda lhe gracejou um "Boa tarde, doutô!".

Muito antes do horário de visita, lá estava eu pagando seu táxi, na frente do frigorífico. Seria sua última fuga.

Quarenta

Embora já com físico de jogador de baralho, safenado e abatido, ainda não tinha perdido completamente o gosto pela vida, seu Israel. Até os últimos dias, por exemplo, não abriu mão de seu Campari com gelo e laranja, além da companhia de formosas e nobres senhoritas.

Alma, sua penúltima namorada, era uma garota santista de olhos azuis muito claros. Bonita, gente fina e muito, mas muito ingênua a moça.

A preferência do meu pai era descer a serra para vê-la em sua própria cidade, meio que como uma válvula de escape à pressão que sofria pelo seu estado e também pelos negócios, que já não iam tão bem, justamente porque não cuidava deles com a atenção necessária devido ao seu estado de saúde. Hoje creio que a angústia desse círculo vicioso acelerou seu óbito, que ocorreria no ano seguinte.

Nas poucas vezes em que os vi juntos, aqui em cima, na Vila, senti bastante leveza, uma felicidade bonita de ver. Era bem nítido que ele não compartilhava seus problemas com ela.

Tanto que, quando sua saúde piorou ainda mais, a moça simplesmente sumiu. Imagino eu que ele terminou o romance para ela não ter que participar de sua decadência final. Mas claro que nunca lhe perguntei isso, não tinha intimidade, não. Respeito é bom e conserva os dentes, costumava dizer o velho.

Na manhã de 14 de janeiro de 1996, ela apareceu sozinha no entreposto e foi direto à minha sala. Disse que meu pai estava surpreendentemente indisposto, mas que queria aproveitar a oportunidade para organizar uma festa de aniversário surpresa pra ele, que completava quarenta anos nesse dia.

Mal sabia ela que ele não estava indisposto, e sim no fim do processo irreversível de morte. Além disso, fiquei em dúvida se a moça encararia de boa conhecer os amigos barra-pesada dele. Mas fato é que quarenta anos não devem passar batido. Ainda mais no caso de uma figura razoavelmente popular como ele era. Quem sabe uma festa não elevaria um pouco o ânimo de todos? Especialmente o dele, claro!

Pois bem. Acionei d. Cleyde, mãe de um ex-sócio seu e grande amiga, com trânsito em todas as classes de amigos. A seu favor também pesava o fato de a chatíssima família evangélica do velho não gostar muito dela, garantindo assim a própria ausência. Festa tem que ser divertida, pô!

Agenda na mão, juntos ligamos para bucheiros, donos de frigoríficos, botequins, bicheiros, perueiros, traficantes e pedimos que ninguém trouxesse esposa e filhos, pois aquela não seria uma festa de família.

Marcamos com todos às duas horas, pois meu pai era um homem que gostava de beber durante o dia, assim como grande parte dos convidados, aliás. "Começar as atividades" após as seis da tarde é coisa de amador.

Alma voltou para a casa dele e lhe pediu que a levasse para almoçar, para completo desgosto do velho, que queria trabalhar, já estava muito atrasado. Ele não sabia que naquele dia não teria trabalho, naquele momento estávamos praticamente transformando o seu entreposto em puteiro.

Com o velho um tanto impaciente, optaram por almoçar na Panificadora Onze de Abril, onde o chapeiro Painho era chegado e fazia um sanduíche de pernil do jeito que ele gostava, com equilíbrio.

Ela comeu um misto-quente e tomou uma Coca-Cola. Aliás, o misto daquela padaria era um espetáculo, com cada fatia de presunto gordo intercalada com uma de queijo prato, num total de seis, dispostas com a maior competência no pão francês quentinho. Bons tempos aqueles, em que as padarias priorizavam seus poucos, porém bons, produtos. A verdade é que, após a separação de minha mãe, meu pai nunca mais ligou muito para sair para almoçar e jantar. Preferiu ficar com os jantares inesquecíveis no Dinho's Place na memória.

Trocou os restaurantes por padarias e botequins, onde tomava seu Campari em paz, sempre bem acompanhado por um tira-gosto, no máximo um sanduíche, porque "quem come muito para de beber".

Enquanto isso, os convidados chegavam rapidamente ao entreposto, e quando o homenageado por fim adentrou em sua sala o zoológico já estava armado fazia um tempo.

Prostitutas do Ceasa passavam bandejas de cocaína para quem era de farinha, enquanto a varandinha estava lotada de integrantes da esquadrilha da fumaça.

Como meu pai era mais do álcool (não que não consumisse as outras coisas, era apenas uma preferência), convenci o dono do botequim da rua a transferir seu comércio para o entreposto naquela tarde, para a alegria da maioria. Cerveja, doze anos e Campari a rodo. Lembro bem que seu Binho ficou tão honrado com o serviço que simplesmente se recusou a receber o pagamento da conta, que tentei acertar no dia seguinte, chegando a se ofender com minha insistência.

Embora não fosse muito chegado em surpresas, até que o velho ficou feliz em ver tantos amigos queridos se divertindo, em homenagem aos seus quarenta anos. Celebrou com todos, camuflando a doença com um último suspiro de alegria regada a Campari.

Velório em vida

Lá pelas cinco da tarde o cenário curiosamente lembrava um verdadeiro fim de feira. No lugar dos restos de alimentos, restos de pessoas espalhadas por todos os cantos, do banheiro à calçada vomitada. Uma xepa humana. Sua namorada já tinha ido embora fazia uma hora, um tanto horrorizada. Aquilo não era ambiente para moças.

Em algum momento, um dos poucos sobreviventes sugeriu uma salva de tiros, em homenagem ao meu pai. Sorte que d. Cleyde, surpreendentemente ainda presente, o convenceu de que não era hora nem local para isso, que chamaríamos muito a atenção, coisa e tal.

Até que Valmir, um bucheiro da rua de trás, tampinha de um metro e meio, cujo apelido era Meia-Foda, num daqueles raciocínios que só os bêbados são capazes de ter, sugeriu que jogássemos roleta-russa. Nosso povo era meio desequilibrado, mas não era louco. Pelo menos a maioria. Quase ninguém topou.

Meu pai, totalmente chapado da porra do Campari, propôs o seguinte para o elemento:

"Taqui meu tres-oitão, alimentado com uma bala só. Uma tentativa de cada. Se um morrer, o outro sai daqui com o carro do oponente. Meu filho taqui como testemunha. Você atiçou, tá com fogo no rabo, então começa logo."

Em tempo: Valmir tinha um belo de um Landau 78 e meu pai, nada menos que um Opala Diplomata 92. Dois carros à altura do desafio, acho eu.

Com os olhos marejados, mas sem derramar uma lágrima sequer, Valmir disparou o tiro vazio que certamente acabaria com seu crânio. Em seguida, virou um copo de cachaça.

Era a vez do meu pai, para desespero completo deste futuro órfão que vos relata o caso, tantos anos depois.

Loucão e sem cerimônia, seu Israel disparou rápido o cano justamente contra o coração, que já não estava aquelas coisas, para depois gargalhar e perguntar:

"Segunda rodada, de saideira?"

"Mas agora começa você", balbuciou Valmir com a voz trêmula.

"Mas é lógico!", sentenciou o velho, para em seguida disparar mais um vazio, dessa vez contra a cabeça.

Tão rápido que nem deu tempo de ficar tenso ou coisa parecida. Era como se não houvesse bala alguma no cano.

"Agora vai você! E tem mais duas depois, hein!', disse meu pai, o animadão suicida em potencial.

Mas dessa vez Valmir arregou. Desmaiou e caiu duro no chão como o cadáver que não quis se tornar.

Ademir, bucheiro mais velho, sugeriu que o Landau era do meu pai, já que o oponente dera W.O. após desafiar a parada. Se tem uma coisa que bucheiro profissional não suporta é bicho cuzão.

Meu pai contemporizou, não queria humilhar ainda mais o cidadão. Mas todos concordamos que um belo susto deveria ser dado no derrotado.

E foi aí que me dei bem. Ficou decidido que eu ficaria com o carro naquela noite. Diriam a ele que fora roubado. Coisa difícil de acreditar, pois ninguém era insano a ponto de roubar bucheiro na Vila, mas eles se virariam, contariam uma história triste, afinal o castigo era merecido.

Dei um abração no velho e saí a mil com o puta carro potente ao extremo.

Fui para um boteco qualquer no Bixiga, onde tocava um rock de quinta categoria, mas não deixei ninguém manobrar o automóvel, que seria devolvido intacto no fim da tarde do dia seguinte à esposa do Valmir, para a vergonha ser ainda maior.

Mas, naquela noite, encostado sozinho no balcão, bebendo um Campari, num brinde imaginário ao velho, refleti sobre puta festa boa que ele tivera, e como merecia isso.

Que puta pai eu tinha.

Já vai?

Claro que dor é um troço intransferível, e perder o pai não deve ser fácil para ninguém, de maneira que posso falar apenas do meu, que agonizou em hospitais nos últimos anos de vida, cada hora com um tipo de problema e, muitas vezes, fugindo de forma mirabolante, como no caso que acabei de contar.

Antes disso, no Incor, jogou café da manhã na cara de uma enfermeira, porque ela insistiu em se comunicar com ele usando aquela voz de criança retardada: "Cafezinho da manhã, seu Israel? Totoosoo!".

Eu estava presente nessa ocasião, quando senti o maior orgulho por ser seu filho. Queria viver, o velho.

Aliás, velho nada. Morreu jovem, com 41 anos. Logo ele, que tirava o maior sarro da minha cara, dizendo que "nasci velho", morreu moço. Senhor desperdício de vida, em minha insignificante e suspeita opinião.

Foi velado e enterrado no Cemitério da Lapa, no mesmo túmulo onde catorze anos depois eu enterraria minha mãe. Até gostaria de ter alguma fé e acreditar que os dois estão felizes, lado a lado, mas não.

Para mim, morreu, acabou.

Mas eu tinha vinte e poucos anos na noite de 26 de julho de 1997, certamente a mais sofrida da minha vida. A popularidade do meu pai no bairro era imensa, de maneira que o velório ganhou proporções de um evento, tamanha a quantidade de pessoas presentes, de todas as faunas e tribos.

A piada geral, entre os bucheiros, era que ele foi tão filho da puta a ponto de morrer em um sábado, para foder a feira de domingo de todos os colegas.

Ainda de madrugada, Bertinho, comparsa de longa data, me perguntou se o padre da igreja ali da rua poderia dizer algumas palavras, antes de fecharem o caixão.

Respondi que sim, sem problema algum. Embora na época já fosse ateu, se algumas frases prontas tinham o poder de confortar o próximo, não seria eu que impediria isso. Muito pelo contrário.

Já de manhã, uma tia pediu minha autorização para o pastor batista falar algo para confortar minha avó, que fazia parte dessa igreja havia cerca de cinquenta anos e não estava nada bem. Na verdade, se não me falha a memória, da família só eu e meu pai não frequentávamos a tal igreja. Vó Emília, que já era idosa, ficou tão abatida com essa morte que nunca mais se levantou depois disso. Autorizei a fala do pastor, lógico.

O problema é que um não sabia da existência do outro. Eu não ia organizar o troço, aí já seria demais, meu pai não gostaria disso e, se pudesse, tenho a mais absoluta certeza de que se levantaria do caixão só pra mandar todo mundo se foder.

Como se não bastasse o sofrimento enorme de todo o processo de velório e enterro, eu precisava dar um jeito de administrar o climão entre os dois servos de deus, que estavam lá, emburrados, enciumados, logo atrás da cabeça do corpo do seu Israel, meu saudoso pai.

Meio sem jeito, acenei para que o padre começasse a falar, o que ele fez rapidamente, com o maior bom senso. Lembrei dele bebendo com meu pai no Pinho, botequim em frente à igreja, com outros feirantes também. Gente fina o profissional católico.

E aí veio o bocó do pastor, começando a falar logo em seguida, como se deus lhe tivesse autorizado o início da oratória. Logo no versículo 1 do sonolento discurso de quem acha que tem o dom divino, disse algo sobre todos os familiares serem membros da igreja, no que levantei a cabeça e o olhei tão severamente que ele corrigiu a bobagem dita de imediato.

Após longuíssimos cinco minutos de inútil lenga-lenga, levantei a cabeça de novo, praticamente decretando o fim da ladainha apenas com outro olhar. O pastor acatou a ordem deveras contrariado (na verdade, certamente bem puto, a narcisa de deus), mas acatou.

Caixão lacrado, já no túmulo, meu pai foi enterrado por pessoas que lhe eram realmente queridas, sem pastores oportunistas por perto. Menos mau. Enquanto amigos jogaram rosas, alguns bucheiros atiraram cigarros no esquife.

"Fuma agora, filho da puta! Leva o cigarro pro inferno, corno!", gritou Sergião, perueiro e cúmplice de muita sacanagem, um tanto exaltado. Tocante e memorável, a homenagem.

Enquanto vivo, suas visitas à família eram bem escassas. Me levava junto uma vez por ano, em média. A ida e a volta, enquanto ouvíamos Roberto Carlos no toca-fitas do Diplomata, eram bem legais, mas a visita em si era sacal. Simplesmente não tínhamos nada a ver com aquela gente. Nossa vida de bucheiros era muito mais divertida que aquilo, com todo o respeito.

Após sua morte, uma de suas irmãs sempre me ligava, pedindo que eu visitasse minha avó, com a saúde cada vez pior. Neto desnaturado que sou, sempre embromava com uma desculpa qualquer.

Até que um dia alguém me avisou do falecimento da velha. E, embora odeie e evite velórios até hoje, a consciência pesou, de maneira que lá fui eu de táxi da Lapa até a aprazível São Caetano. Pois não basta ser pentecostal, tem que morar na casa do caralho. E, antes que você ache esse comentário pejorativo em relação ao glorioso ABC, saiba que considero a minha breguíssima Lapa o epicentro do universo.

Um ou dois membros da família até ficaram aparentemente felizes em me ver, talvez por eu ser muito parecido com o velho. Me encaravam meio como uma consolação, uma espécie de herdeiro genético. Mas uns dois me recriminaram por nunca ter visitado a senhora minha avó, que falava meu nome e o do meu pai todos os dias. Eu já tinha previsto isso e levei na maior serenidade, beleza. Deveria ter visitado a velhinha ao menos uma vez. Estava absolutamente errado.

O que poderia fazer naquele momento? Chorar e gritar por VOVóóóó estava totalmente fora de cogitação.

Na inevitável hora do fechamento do caixão, quem estava lá era o mesmo pastor de poucos anos antes. Só que agora o cenário o favorecia, já que a velha era praticamente uma instituição na igreja havia décadas.

Juro pela pata dos meus cachorros que o homem falou por mais de uma hora. Que coisa mais insuportável. Mas dessa vez olhei apenas para baixo, respeitosamente. Sabia bem em que território estava.

Na caminhada até o túmulo, procurei ficar o mais distante possível de todos, por razões óbvias.

Quem me achou e caminhou ao meu lado, com aquele andar e falar pausado, messiânico, típico de quem se acha um escolhido do exército de deus, seja lá que diabos isso signifique?

Pois é, ele mesmo.

"Mas que manhã bonita, não?", tentou puxar papo, com a delicadeza de um taxista de rodoviária.

Acontece que, naquela altura da vida, eu tentava engatilhar uma patética e catastrófica carreira de DJ. Tinha discotecado até as cinco da matina, e meus ouvidos ainda estavam apitando, de maneira que eu ouvia tudo com certa dificuldade. E quem ouve mal fala mais alto.

"QUÊ?", respondi, sem o menor senso de noção do alto volume da minha voz esganiçada. Nisso, metade da família olhou para trás, aparentemente me condenando ao fogo eterno do inferno.

"Disse que a manhã está bonita!", repetiu o pastor, com o mesmo tom de voz de quem parece que repartirá o pão para os apóstolos logo em seguida.

"SIM, SIM! O DIA ESTÁ BONITO!", repliquei inocentemente, querendo encerrar o papo, mas esquecendo de falar mais baixo.

Agora a família inteira se virou me olhando muito, mas muito feio. Devo ter quebrado o recorde mundial de falta de decoro em um enterro de membro da Igreja batista. Realmente não era essa a intenção. Foi mal.

Acompanhei o enterro bem de longe, fui embora rapidamente e nunca mais vi ninguém da minha família paterna.

Mas, pelo sorriso que apresentava na ponta do lábio esquerdo, tenho a mais absoluta certeza de que o pastor se sentiu vingado.

Claro que pouco importa a vingança tosca do pastor, tanto quanto a mágoa da família do meu pai. O que permanece é a lembrança da bela vida daquele que foi o rei dos bucheiros lapenses.

Tome tento, menino!

A morte do meu pai fez com que eu perdesse o interesse não só pela feira como por tudo relacionado a esse mundo. Mas não fui o único atingido. A verdade é que, após o falecimento do seu Israel, mamãe nunca mais foi a mesma, apesar de eles já estarem separados havia mais de dez anos na época do ocorrido. Ela inclusive passou a fazer suas compras no supermercado, dizia que não suportava nem passar perto de uma feira livre e "dessa raça de bucheiro do caralho".

Aparentemente traumatizada com a morte do parceiro — mesmo depois de separados continuaram parceiros, compartilhando minha educação, por exemplo —, tornou-se alcoólatra. Já bebia bastante antes, mas começou a pegar bem pesado. Perdi a conta das vezes que tive que buscá-la jogada na rua, abraçada a uma garrafa de vinho barato.

Quando disse que ia interná-la, parou. Por vontade própria, diga-se. Sem AA, remédio, porra nenhuma. Para ela, era apenas uma questão de "tomar vergonha na cara", usando suas próprias palavras.

Infelizmente a real é que d. Nice estava cada vez mais devagar. Assim que parou de beber, tive a ingenuidade dos tolos de pensar que sua vida teria um tremendo salto de qualidade. Mas não. Parou de encher a lata com uma indiferença camusiana. Beber foi apenas mais uma coisa que deixou de fazer.

Morte em vida, pequenas doses diárias de suicídio, era o que parecia pregar. Na boa, acho que a maioria de nós escolhe a maneira como morre. A morte é sintomática, o corpo se vai por último, padece após o espírito, e nem precisa de ninguém para apagar a luz.

Nos dois últimos anos, cada vez mais fraca, com dificuldade cada vez maior para comer (o que era especialmente ruim, já que comer era seu passatempo preferido, além de cozinhar, obviamente. E como cozinhava ela! Uma das poucas coisas que me fazem chorar até hoje é a mera lembrança de sua refoga de alho, cebola e salsinha, que aliás foi minha maior inspiração para abrir um restaurante de comida caseira que comandei por cinco bons anos), insisti bastante para levá-la ao hospital, ao que sua reação sempre foi radicalmente negativa. Não havia nada que pudesse ser feito, se ela não queria se cuidar.

Apenas quando não conseguia mais engolir nem água, topou dar uma passadinha no PS. Do Pronto Atendimento foi internada, muito a contragosto, diga-se. E no terceiro andar foi diagnosticada com metástase avançada. Estava com apenas 35 quilos.

Logo a transferiram para a oncologia, no quinto andar, ala nova, estrategicamente distante de todo o resto. Afinal, no hospital ninguém precisa saber que pessoas morrem de câncer diariamente. Oportuna a diretoria hospitalar.

Foram três meses de insuportável angústia. Reclamava diariamente por estar presa àquela maldita cama, dizia que preferiria morrer em casa. Odiava as enfermeiras falsas, com seus sorrisos plásticos, que algumas vezes a tratavam como uma débil mental. Chegou inclusive a falar para uma, mais abusada, tomar cuidado, pois "tinha gente na rua" que poderia "dar um jeito" nela. A palidez da enfermeira até que foi bem engraçada. Antes da horrível semana final, d. Nice alternava dias muito ruins com outros mais ou menos. Mas até o fim se recusou a usar a ridícula camisola azul do hospital.

Em um dos seus dias menos ruins, pedi à patética terapeuta ocupacional para eu mesmo acompanhá-la em sua burocrática caminhada matinal pelos mórbidos corredores oncológicos, cujas paredes eram pintadas de pretensioso tom azul-clarinho, como se pintura tosca de parede fosse capaz de confortar alguém. Uma salva de palmas para o gênio marqueteiro que pensou nisso.

Ajudei-a a vestir seu agasalho cor de vinho, que ela gostava tanto — escolhido por mim para ser sua última roupa, pouco tempo depois — e caminhamos abraçados até o elevador mais próximo. Quase desaparecia sob meus braços, dado seu estado tão frágil.

Aproveitamos a distração do segurança e saímos pela porta da frente do mesmo PS por onde chegamos, na caruda.

Atravessamos a avenida Pompeia tranquilamente e fomos à farmácia, onde compramos alicate de unha, lixa e um bonito esmalte vermelho nariz de palhaço. Na banca de jornal, logo em frente, compramos duas revistas e um gibi da *Turma da Mônica*.

Com vontade de tomar Coca-Cola, pediu que eu a levasse ao Souza. Pedimos o refrigerante no balcão. Infelizmente, não conseguiu engolir nem um golinho do xarope. Mas pediu que eu levasse o vasilhame, pois tomaria mais tarde. Quando se tratava de bebida e comida, não se dava por vencida a velha.

Voltamos para o outro lado da rua, com uma calma budista. E que estabelecimento havia, quase que vizinho de parede do hospital? Inesquecível o brilho dos seus olhos, ao avistar aquela portona.

"Filho, pode dar uma entradinha na igreja?"

"Lóóóógiiiicooo, mãe!! À vontade, pode ficar!"

Dirigiu-se sozinha até o terceiro banco do lado direito, ajoelhou com todo o cuidado e começou a rezar. Cochichei para ela que ficasse ali o tempo que quisesse e saí.

Sentado sozinho na escadaria, entre a calçada e a porta principal da igreja, após uns quinze minutos, desabei em eloquente crise de choro. Estava arruinado, desarmado, inconformado com a proximidade da perda da minha heroína do fogão, minha maior companheira, a d. Nice.

Tão transtornado que só a notei ao meu lado quando senti sua mão sobre meu ombro.

"Não chora não, filho! Tome tento, menino! Já rezei por nós, vai dar tudo certo! Ó, compra feijão preto pra eu fazer feijoada pra gente quando eu tiver alta?"

Permanecemos sentados e calados, lado a lado, sob um sol gostoso, fraquinho, contra nosso rosto, por um tempo que não sei precisar. Se ela não estivesse com uma espécie de bolsa dentro do estômago, para a deprimente alimentação venal, juro que era dali para casa. Pegaria um taxi e foda-se. Mas voltamos. Talvez também porque eu nunca tivesse perdido a esperança de que ela iria ter alta. Essa hipótese só foi descartada totalmente pelo médico na maldita última semana.

Mas ela sabia que não voltaria, tanto que uns três meses após seu falecimento, quando finalmente tive coragem pra mexer em suas coisas, encontrei um envelope pardo com meu nome completo, escrito por ela em caneta Bic azul, com aquela letra arredondada que só quem fez curso de caligrafia possui.

Todas as suas economias estavam dentro dele. Óbvio que ela também sabia que o passeio daquela tarde seria o último. E ainda teve a bondade de consolar o filho chorão.

Voltamos pela entrada principal, e, quando o chefe da segurança começou a dar uma monumental bronca em nós, ela perguntou se não poderia voltar para o quarto, pois o programa a tinha cansado bastante. Diante da autoridade de tão elegante argumento, a discussão se deu por encerrada na hora.

Morreu duas semanas depois, pontualmente no horário da Ave-Maria, às seis da tarde, no leito do quarto 527, quietinha e serena, sem dar trabalho a ninguém.

Camelando

Após a morte do meu pai, larguei a feira. Aquele mundo não fazia mais sentido sem meu grande herói. Sua vida financeira fora uma verdadeira montanha-russa, com perdão pelo lugar-comum da expressão. Infelizmente morreu totalmente quebrado, devendo mais de 1 milhão de reais. Eu estava a par da situação de seu entreposto frigorífico.

Com o pouco dinheiro de que dispunha, paguei todos os funcionários, nenhum registrado, todos acordados sob a secular lei do fio do bigode.

Com os credores a conversa foi mais delicada. Até porque não havia quase nenhuma nota fiscal de porra nenhuma, a relação também era na base da confiança.

Mas, como todos sabiam da frágil situação do negócio do meu pai, e também sobre sua absoluta falta de patrimônio, após minha conversa com cada um deles, eles deram o dinheiro como perdido, aceitando assim o não pagamento das dívidas. Essencial para esse acordo foi mostrar que eu não tinha comprado nada e que também não havia herdado nada. Minha situação era a mais delicada possível. O que mais me assustava não eram aqueles mafiosos armados, prontos para apagar caloteiro (coisa que não sou), e sim o que viria pela frente...

Naqueles dias, eu alternava bicos como cozinheiro e como DJ em lugares que não valem a pena ser mencionados. Continuei com essas atividades, mas também abri um entreposto frigorífico, com um sócio holandês.

Além dos frigoríficos nacionais, com a moeda forte que tínhamos em 1997, o melhor negócio era importar miúdos bovinos do Mercosul e exportar para a Europa. Comecei a ganhar um dinheiro que nem sabia que existia. Confesso que me afastei um pouco mais que deveria do negócio, empolgado com as segundas sem lei do Baixo Gávea, que ferviam na época.

Dancei.

Não serei medíocre a ponto de clamar por justiça, de falar que meu sócio me roubou, essas coisas. O que rolou, de fato, foi que não cuidei com a devida atenção do que era meu, até que o negócio previsivelmente deixou de ser meu. Usei o pouco dinheiro que me sobrou para saldar compromissos com os frigoríficos nacionais, que não eram prioridade para o meu sócio, mais preocupado em pagar em dia os gringos e também em comprar seu primeiro jatinho.

Mas, assim como não paguei as contas do meu pai, sobre minhas dívidas eu tinha total responsabilidade e, não sei como, as honrei. Do contrário, não estaria aqui pra contar a história. Esses caras não perdoam, e com toda a razão. No lugar deles, eu cobraria da mesma maneira.

Só sei que em menos de dois meses eu e minha mãe estávamos morando de favor na John Harrison, rua da linha do trem, perto da Estação da Lapa. O primeiro comboio era o que ia em direção ao quartel, antes das quatro da manhã. A partir de então, não tínhamos sossego, pois a cada passagem de trem a casa tremia toda. Isso para não falar nos ratos que apareciam cada vez que chovia. Moradia bem desagradável aquela.

Continuei com meus bicos, já que não podia voltar para o ramo do bucho. Embora não tivesse dívidas por lá, minha fama de falido tinha queimado meu filme.

O problema maior era que, devido à falência, eu não tinha ânimo pra fazer nada direito. O resultado é que até os bicos chinfrins começaram a minguar.

Sobrevivíamos com o dinheiro que tinha sobrado da venda do meu último caminhão. Só que essa grana estava acabando e nem carro eu tinha mais para vender.

Tempo de fome.

Se não tivesse uma mãe alcoólatra pra sustentar, eu teria resolvido isso de outra maneira, rapidamente.

Mas como reagir com a situação cada vez mais desesperadora?

Foi numa tarde na Lapa, bebendo cerveja vagabunda e um tanto desconsolado, com pensamentos pouquíssimo nobres na cabeça, que um amigo meu de longa data, o Ackua — cantor da noite com voz idêntica à do Fábio Júnior inglês, David Coverdale —, me cantou a bola que tinha aprendido a gravar uns softwares com todos os discos dos Beatles em apenas um CD, pra ouvir no computador.

Nosso infantil *business plan* consistia no seguinte: ele ficava com o rabo preso no sofá de casa, pirateando os CDs, e eu passaria o dia na Santa Ifigênia, vendendo-os. Afinal, como fui feirante por muitos anos, me adaptaria ao novo ofício com facilidade. Me pareceu um bom plano.

O processo de gravação não era tão rápido naquela época. Mas, assim que conseguimos um estoque inicial de trinta CDs, fui para a rua. Além de Beatles, também tinha a discografia completa do Queen e dos Stones.

Cheguei ao largo Santa Ifigênia com uma puta cara de bunda e estendi os CDs sobre um pano velho afanado lá de casa. Em menos de uma hora, já tinha conhecido praticamente todos os colegas ambulantes, que providenciaram para mim uma caixa com cavaletes, porque "no chão cê num vai vendê nada não". Também arrecadaram entre eles cerca de cinquenta CDs para me dar, porque "tem que tê volume, cabelo". Acho que nunca fui tão bem recebido em lugar nenhum.

Mas a fase realmente não era boa. Era como se Franz Kafka tivesse resolvido vender CDs na rua. Ninguém se aproximava do cabeludo que só olhava pra baixo. Além do que, quem iria comprar software de rock na Santa Ifigênia? Senso comercial nota zero o meu.

O único agito do dia era quando o rapa passava e eu corria com a mercadoria para dentro da igreja, na praça. Uma vez cheguei a rezar um Pai-Nosso ao lado do grande Pedro de Lara, que batia cartão na casa do senhor.

Até o dia em que o padre puxou papo, perguntando sobre minha fé, entre outras baboseiras. Respondi que não tinha fé alguma, mas que "achava bonitinho" quem a tinha. O servo de deus me expulsou do recinto, e a partir daí passei a correr como bobo, até lugar nenhum, quando os homens da lei chegavam.

Beleza.

Mas o problema maior mesmo era minha enorme apatia. Houve um dia em que esqueci o cadeado da caixa onde ficavam os CDs. O que fiz? Sentei na caixa e esperei o tempo passar, não sei por quê. Se tem algo que a cidade não precisa é de um camelô deprimido.

Pois justo nesse dia meu sócio foi me visitar. "Porra! Deixo de brincar com meus filhos pra passar o dia inteiro gravando essas merdas, e você passa o dia aí sentado?"

Tentei explicar o que não tinha explicação. Ele, que é meu amigo até hoje, se acalmou, disse que estava tudo, tudo bem, mas que não valia a pena continuar com o empreendimento. Disse inclusive que eu podia ficar com os CDs. Mal abri a boca. Não tinha muito que falar.

O amigo foi embora e permaneci sentado na caixa por mais umas duas horas, em plena quietude.

Quando a noite caiu, peguei a caixa e caminhei em direção à avenida São João, pra pegar um busão até a Lapa. Estava exausto, à beira de um colapso nervoso.

Já na avenida, próximo ao ponto, na altura do saudoso Rei da Calabresa, dois garotos apontaram para a caixa, cochicharam qualquer coisa e enquanto um a tomava de mim, outro me deu uma série de socos na pança, como se eu fosse um saco de treino de boxe.

Obviamente não ofereci resistência. Os moleques foram embora e fiquei de joelhos na São João por dez ou quinze minutos. Em seguida peguei o busão e voltei pra casa.

Há dias ruins e noites piores.

Depois disso, me dediquei mais à carreira de cozinheiro, por mais de uma década. Nunca fiz grande coisa, mas isso é outra história.

Pois o sopro de vida que me valeu alguma coisa passei nesses dias de feira.

FIM DE FEIRA

A xepa da história

As bancas que arrendei do meu pai, nos anos 80, ficavam na periferia de cidades modestas, como Osasco, Cotia e Itapevi. Uma das coisas que perguntei ao velho foi o porquê de não termos banca em bairros mais nobres, como o Pacaembu, por exemplo. "Filho, gente fina compra no supermercado, porque acha que lá é mais limpo. E nossos produtos mais fortes são o bucho e os outros miúdos do boi. Rico gosta é de filé-mignon, tem preconceito contra carnes mais saborosas, só porque são mais baratas. Pacaembu não é negócio pra nós, contente-se com Osasco." Resposta sincera, realista e convincente a do meu pai. De fato, ganhei muito dinheiro nessa época, à vezes o volume era tão grande que tinha que "muquiar" a grana em vários sacos e esconderijos.

Aqui cabe uma preciosa dica para minha amiga dona de casa: o produto vendido nas caríssimas feiras dos Jardins é o mesmo das feiras dos bairros mais modestos. Só muda o preço. Sem contar que feirante prefere atender pessoas mais simples, que além de gastar menos ganham generoso chorinho.

183

Mas, com a chegada dos anos 90, o crescimento do entreposto frigorífico do velho coincidiu com a queda livre e a decadência do meu comércio, de sucesso quase que meteórico. Curiosamente, os maiores clientes da empresa do meu pai eram as grandes redes de supermercados. E uma coisa garanto: a carne vendida na feira é mil vezes melhor que a da tal bandejinha do supermercado.

A maior preocupação do açougueiro genérico de butique de prateleira de supermercado é acondicionar a carne enfileiradinha, bem apresentada, a qualidade do produto não faz diferença. Tem que estar bonito, e pronto.

Quanto maior o negócio, menor é o compromisso com o freguês.

Aliás, enquanto feirantes servem as freguesas, os supermercados atendem clientes.

Se soubesse a maneira como os grandes mercados compram seus produtos, talvez boa parte da clientela mudasse de opinião, dirigindo-se ao açougue mais próximo, isso se conseguir achar um, é claro, já que esse comércio também está em extinção.

A única coisa que importa ao comprador de carne do hipermercado é o preço. Impressionante como largam fornecedor de anos por centavos, num estalar de dedos. Ali não há parceria alguma, é só número.

Aí o frigorífico tem que dar seus pulos. Com carne de vaca, por exemplo. Bonita, vermelhona, o cliente só percebe que é dura como sola de sapato quando os restos mortais do bovino já estão no prato.

Mas o supermercado é cômodo. Compra-se de tudo por lá, de eletrodomésticos a papel higiênico. Alimentação é só uma coisa a mais, que parece importar cada vez menos.

A família diminuiu e o que predomina no ramo alimentício são porções individuais, cuja produção é praticamente inviável para os mastodônticos feirantes.

Embora já exista um ou outro que trabalha com bandejas menores e até possui a tal maquininha de cartão de débito, a concorrência é desleal. Onde o freguês vai estacionar, por exemplo? Hoje todos saem de carro. Cada vez mais nosso físico se assemelha ao dos norte-americanos, esses obesos mórbidos.

Não há mais espaço para figuras como o saudoso seu Messias, que fazia olímpica questão de cortar a melancia na hora, para a freguesa provar.

"Ó como tá docinha, dona! Se não gostar, nem precisa pagar!"

Hoje preferem pagar mais pela maldita bandejinha de frutas, em que o gosto do mamão cortadinho se confunde com o plástico que por um mamão inteiro. Aliás, nem sabem mais a diferença entre um mamão formosa e um papaia. Questão de tempo para as novas gerações acharem que o abacaxi nasce em quadradinhos na bandeja de isopor.

Na época em que comecei com a feira, esse tipo de situação já predominava mais nos bairros ditos nobres, daí a valiosa dica do meu pai, de partir para as quebradas.

Quando larguei a barraca para ajudá-lo, já doente, no entreposto, o fenômeno já tinha se estabelecido na periferia, daí a queda no movimento.

Desde então, a coisa só tem piorado.

Em mais de uma década trabalhando em cozinha profissional, um dos meus maiores desesperos era quando o hortifrúti não entregava tomate, porque eu não tinha como correr atrás, já que o tomate de qualquer mercado não tem gosto de nada, enquanto há uma prateleira inteira com ordinários molhos prontos para o solteiro feliz.

A real é que em questão de poucas décadas o comércio pequeno tem acabado, e a coisa só piora, muito além do universo da feira livre.

Até pouquíssimo tempo atrás, por exemplo, o paulistano se orgulhava de suas padarias, onde tomava uma média com pão na chapa de manhã, comprava um frangão de TV aos domingos e bebia meia cerveja com um pedaço de pizza no balcão.

Hoje imperam as redes panificadoras, onde se faz tudo com pré-mistura para pães e se compra de tudo, menos o bendito pão francês quentinho, antes tão tradicional na mesa.

Secos e molhados virou apenas nome de banda antiga de rock nacional, ninguém nem lembra mais o que é.

São Paulo se jecaliza cada vez mais rapidamente, e o comércio meio que já nasce adequado aos novos-ricos, com seus sorrisos que mais lembram os das enfermeiras. Triste é a cidade que abandona o clássico para o tal do progresso, se é que cabe esse termo. São Paulo é a prova viva de que o homem é vítima de uma trajetória, o que não é sinônimo de evolução.

Pelo menos, de uma evolução positiva.

Enquanto estas páginas terminam, outros feirantes estão de pé, fazendo suas próprias histórias.

As minhas já passaram.

Meu tempo não é hoje.

Passei da infância até o começo da juventude que já se foi há algum tempo vivenciando essas histórias contadas aqui, algumas como mero espectador, outras com pinta de protagonista.

E não há um dia sequer em que eu não pense em suas personagens, que me acompanham como fantasmas que me ajudam a arrastar as correntes das intermináveis madrugadas insones. Até porque a maior parte deles está morta, se não de corpo, certamente de espírito. Eu mesmo me sinto como um zumbi, tentando reviver um suposto auge que provavelmente nem ocorreu.

Processo natural e inevitável esse. Para alguns, a morte chega ainda em vida e não há muito que fazer.

Sinceramente, não tenho a menor noção se meus dias de feira foram melhores ou piores que os da maior parte dos jovens. Cá entre nós, acho minha vida bem comunzinha.

A diferença é que registrei isso aqui. E nem o fiz por mim.

É que meu pai e os bucheiros lapenses merecem que suas histórias sejam contadas, na minha mais que suspeita opinião.

No fim, por mais que as adversidades sejam cada vez maiores, como já disse, a feira é livre e sua cultura é milenar.

Longa vida à feira!

Agradecimentos

Israel Bernardo, d. Nice, Talitha Barros, Moska, tio Biju, Rodrigo Fernandes, Fernandinho, Heleno, Cabeça, Álvaro Pereira Jr., Ana Lima, Manuela Leite, Leandro Sarmatz e Dani Garuti.

ESTA OBRA FOI COMPOSTA EM ELECTRA PELO ACQUA ESTÚDIO E IMPRESSA
PELA GRÁFICA BARTIRA EM OFSETE SOBRE PAPEL PÓLEN SOFT DA SUZANO PAPEL
E CELULOSE PARA A EDITORA SCHWARCZ EM MAIO DE 2014